JN326012

万葉集の読み方

天平の宴席歌

梶川信行

翰林書房

万葉集の読み方　天平の宴席歌◎目次

まえがき

　勤務先では、上代文学関連の授業のほか、国語科教育法という授業も担当している。教職課程の科目である。かつて専任教員として高等学校に勤務した経験もあるので、高校の国語科の教科書には、ずっと関心を持ち続けて来た。

　昨年秋、たまたまある学会で発表の機会が与えられたので、高等学校の「国語総合」の教科書で教材化されている『万葉集』に関する発表を行なった。現在、十社から二十数種類の教科書が市販されているが、困ったことに、古い常識に基づいて編集されたものがほとんどである。皇国史観と疑われかねない記述さえ見られる。そこで、現在の研究水準とあまりにも乖離しているという事実を具体的に指摘しつつ、こうした現実を私たち専門の研究者が直視し、学会として組織的に対策を講ずる必要がある、と訴えた。

　また、現在の高校生の概ね四人のうちの三人は古典嫌いだ、とする調査もある。私たちがもっと高校の国語教育に関心を持ち、カビの生えたような万葉観を払拭する努力をしなければ、将来の学問の担い手を失うことにもなりかねない。学界の存続と活性化のためにも、私たち研究者は学問の成果を若い人たちに還元することに対して、さまざまな形で責任を果たさなければならない、とも述べた。

　教科書の中の『万葉集』は、〈名歌選のパッチワーク〉にほかならない。紀貫之が『古今和歌集』の仮名序で名歌と認定したものであったり、藤原俊成が『古来風躰抄』で秀歌と認めた万葉歌であったり、島木赤彦が『歌道小見』などの著書の中で絶賛したものであったり。長歌から反歌だけが切り離されたものがその典型だが、必ずしも『万葉集』に載せられた形ではなく、後世に評価された形で教材化されているのだ。採られた歌によって、名歌と認定した人や時代が異なり、まったく一貫性がない。名歌選であることを明確に示した教科書は、一社に過ぎなかった。あとは、名歌選の形になっていることに無自覚なまま、『万葉集』ならざる『万葉集』が教材とされているのだ。

幸い、そうした私の発表に対して、質疑の際、会場から多くの手が上がった。共感して下さった方も多く、質疑の時間が足りなくなったのだが、その結果として私は、自分の発言に対して、責任を負わなければならないことになった。

＊

『万葉集』を読もうとする時、大きく分けて、次のような三つの方向性が考えられる。

第一に、『万葉集』という歌集そのものを読むこと。それは必ずしも、作者の意図と一致しているわけではない。歌集とは、編者が個々の歌をどう読んだのかということの集合体だからである。したがって、それは編者の価値観や歴史認識を知る営みである。

第二に、『万葉集』を史料の一つとして、奈良時代の歌の世界の実態を垣間見ようとすること。これはまさに、作者の意図に近づく方法である。既存の『万葉集』の注釈書の多くは、この方向で注が付されているように思われる。

そして第三に、名歌選などによって『万葉集』を読むこと。これは、『万葉集』が後世の人たちにどう享受されたのかを知ることであって、作者や編者のまったく与り知らない世界である。貫之の万葉観であり、赤彦の万葉観だが、教科書の万葉歌からは、そうした後世の万葉観しか知ることができない。

私は時と場合により、右の三つを使い分けているが、本書はそのうちの第二の方向性を目指したもの。宴席歌を通して、奈良時代の歌の世界を実態として捉えてみようとするものである。

ここで特に宴席歌を選んだのは、宴席こそ奈良時代の歌文化を育んだ重要な母胎の一つであった、と考えているからである。また天平期に限定したのは、そこで歌を披露した人たちに関する史料が比較的多く残されており、その生々しい動きを垣間見ることができるからである。

『万葉集』中には肩の凝る天皇臨席の肆宴から、仲間うちの気楽な飲み会まで、実にさまざまな宴席が見られる。また、そこには著名歌人ばかりでなく、上級貴族から下級官人まで、さまざまな人たちの姿が見える。女性はもちろん、渡来系氏族の作者も目立つ。そうした多様な人たちが参加しているからこそ、そこには奈良時代の歌文化のもっとも一般的な姿が映し出されている、と見ることができる。言うなれば、氷山の一角に過ぎない著名歌人の活躍を通して見る古代の歌の世界ではなく、水面下に潜む広大な歌文化の世界を見据えることが可能なのだ。

*

現代短歌の多くは、個人の心情を自省的に紙の上に表現することによって成り立つ。一般に、享受者はそれを、活字を通して読むのであって、同じ場で同じ時間を共有するわけではない。

しかし、『万葉集』の宴席歌はそうではない。同じ場で、同じ時間を共有している。そしてそれは、声を媒体として成り立つ世界であった。そうした宴席の場では、作者と享受者とが自在に入れ替わりつつ、その場の状況に応じて、次々と歌が生み出されて行ったと考えられる。

予め木簡に認められた上で、それが読み上げられた、という形の宴席もあったに違いない。一方、『万葉集』中には、披露された歌をその場では記録しなかったと、明記されている宴席も見られる。しかし、いずれにせよ、どこかの段階で、声の歌が文字によって掬い取られたからこそ、後世の私たちはそれを読むことができる。そして、その文字を通して、声の世界を知ろうとすることこそが、宴席歌を読み解くことにほかならない。

万葉の時代は、現代とは違って、律令制に基づく厳然たる階級社会であった。文雅の世界とは言え、身分秩序を抜きにして、歌を披露するわけには行かない。呉越同舟の宴もある。そこには、政治的な立場の違いなどをも含め、さまざまな思惑が渦巻いていたものと思われる。そうした天平期の宴席歌を読んでいると、時に彼らの生々しい声が聞こえて来るような気がする。

また天平期の宴席からは、彼らが現代とは異なる常識や価値観に支配されていたことも見えて来る。その一方で、現代と似たような人間模様が繰り広げられていたことにも、しばしば気づかされる。そして、その両面を読み取ることこそが、宴席歌を読む醍醐味である。そうした宴席歌の読み方が、万葉歌の実態に近づいて行く唯一の回路だというわけではないが、本書を通して、古代の歌の読み方の一つを知っていただければと思う。

＊

本書に収録した各章は、勤務先の学会の機関誌「語文」に「研究へのいざない」として、学生たちに向けて書いたものを中心としている。折々に求められた原稿をも含め、平易な叙述を心掛けてはいるが、若い人たちが興味を示してくれるかと言えば、なかなか難しいと言うしかない。私の力不足もあろうが、授業の工夫をも含め、さまざまな形で努力を積み重ねるしかあるまい。

とは言え、近年の研究をも視野に入れつつ、『万葉集』の読み方を若い学生たちに理解してもらおうという姿勢は、一貫しているつもりである。本書をきっかけとして、『万葉集』に関心を持つ若い人が一人でも増えることを、心から願っている。

学生たちに聞くと、高校の古典の授業は今でも、〈品詞分解・文法・現代語訳〉が学習の中心であると言う。それを意識して、歌の場をできるだけ具体的に復元することによって、人間模様を浮き彫りにすることを試みた。いささか勇み足もあるかも知れないが、現実の場の中で生き生きと機能した歌々を読み味わうことを通して、奈良時代の歌の世界には、教科書で習う名歌選的なものとはまったく異なった世界がある、ということも知ってほしいと思う。

なお、巻末に収録した論文はやや専門的だが、律令社会の宴席の実態を知っていただくために、やや難解と思われる箇所は表現を改めた上で、あえて載せることにした。併せてお読みいただければ幸いである。また、本文中に引用した歌には／を入れてあるが、それは改行の印である。そこで切って読むと意味がわかりやすいので、音読する際にはぜひそこで切っていただきたいと思う。

⑫

波はどこで生まれる？——田辺福麻呂

奈呉《なご》の海《うみ》に　舟《ふね》しまし貸《か》せ
沖《おき》に出《い》でて　波立《なみた》ち来《く》やと　見《み》て帰《かへ》り来《こ》む

（巻十八・四〇三二）

1

右の歌は『万葉集』巻十八の巻頭で、

　天平二十年春三月二十三日に、左大臣橘家の使者造酒司令史《みきのつかさのさくわん》田辺福麻呂に守大伴宿禰家持が館に饗《あへ》す。

　ここに新しき歌を作り、并せて便ち古詠を誦み、各心緒を述ぶ。

という題詞の下に収録された一首だが、諸注の評価はあまり芳しいものではない。

　近年の注釈書の口語訳によれば、「奈呉の海に　舟をちょっと貸してください　沖に出て　波が立って来ないか　見て帰って来ましょう」（小島憲之ほか『萬葉集④』（新編日本古典文学全集9）』小学館・一九九六）の意。奈呉の海に船を出したいと興ずる一首である。つとに指摘されているように、奈良には海がないので、平城京の官人たちにとって、海の景観は珍しいものだった（鹿持雅澄『萬葉集古義』）ということは、想像に難くない。

そこでこの歌は、「沖から岸へ寄せ来る波の形の千変万化が、大和生まれの作者の目には飽かぬ眺めに映ったのであろう」（小島憲之ほか『萬葉集④（新編日本古典文学全集9）』）とか、「平素見慣れぬ海に対する奈良びとの好奇心が丸出しにされており、その驚きが宴の環境のめでたさへの讃美になっている」（伊藤博『萬葉集釋注九』集英社・一九九八）などと解説されている。

田辺氏の本拠地は、南河内。大阪府柏原市田辺の一帯（山本昭「古代の柏原」『柏原市史　第二巻』柏原市役所・一九七三）とする見方が通説である。福麻呂が「大和生まれ」であったか否かは不明だが、確かに右は、平城京では見られない海の景観に対する感慨であろう。とは言え福麻呂は、この歌に先立つ天平十六年（七四四）の夏、元正太上天皇の行幸に従って、難波宮（大阪市中央区法円坂に難波宮跡がある）に下っていたことが窺われる（巻十八・四〇六二左）。『続日本紀』によれば、数ヶ月間滞在したことになるが、その間、讃歌（巻六・一〇六二〜一〇六四）をなし、海の景観をうたっている。その時の作かどうかは不明だが、敏馬の浦（神戸市灘区岩屋中町）の海浜を詠んだ歌（巻六・一〇六五〜一〇六七）もある。福麻呂は海を見たことがなかったわけではなかった。

あるいは、久しぶりに海を見たのかも知れないが、『万葉集』中の海をうたった歌には、いろいろな形がある。当然のことだが、潮の満ち干がうたわれることが多い。「海人娘子」をうたうことも、海辺の旅の歌の定番である。にも関わらず、「沖に出でて　波立ち来やと　見て帰り来む」とうたったのは、なぜなのか。その点を具体的に説明しなければ、十分な説明にはなるまい。

そこで本稿では、福麻呂がなぜそううたったのか。その点を考えてみることにしたい。

2

福麻呂は天平二十年（七四八）三月、左大臣橘諸兄の使者として越中に赴き、当時越中守であった大伴家持の館（一般に、富山県高岡市伏木古国府の伏木気象資料館の敷地に比定される）を訪れている。いつ越中に下向したのかは不明だが、三月二十三日から二十六日までの四日間、連日宴会が開かれ、福麻呂は家持と歌を詠み交わしている。その時の様子が『万葉集』巻十八の冒頭に見える（巻十八・四〇三二～四〇五五）。橘家の使者としての越中での用務が終わり、この四日間は送別の宴であったとも推定されている（伊藤博『萬葉集釋注九』）。一日目から三日目まではともあれ、四日目の歌々（巻十八・四〇五二～四〇五五）は確かに、送別の宴であったことを窺わせる。

この歌の題詞には「左大臣橘家の使者造酒司令史田辺福麻呂」とされており、この時福麻呂が造酒司（酒・酢などの醸造に関わる役所）の令史であるとともに、橘家の使者でもあったことが知られる。官位令並びに職員令によれば、「造酒司令史」とはその書記官であって、大初位上相当の官。唯一知られる福麻呂の官職である。また、「橘家の使者」とあるのは、時の左大臣橘諸兄の家の家政機関の職員を兼任していたのであろう。とすれば、やはり大初位上相当の少書吏（家令職員令に定める書記官）であったと考えられる（拙稿「田辺福麻呂」『万葉史の論　山部赤人』翰林書房・一九九七）。

福麻呂はなぜ越中に下ったのか、ということついては、諸説がある。第一に、橘家の墾田の管理・運営に関わる用務とする説（土屋文明『萬葉集私注　九〔新訂版〕』筑摩書房・一九七七など）。第二に、『万葉集』の編纂に関わる打ち合わせとする説（尾山篤二郎『大伴家持の研究』平凡社・一九五六など）。そして第三に、勢力を伸ばしつつある藤原仲麻呂に対抗するため、諸兄派と大伴氏との協調関係を構築するためと見る説（坂本太郎「万葉集と歴史地理」『日本古代史の基礎的研究』東京大学出版会・一九六四など）である。しかし、どれも推測の域を出ず、決定的な説はない。また、下向の目的は必ずしも一つではなく、複数の目的があったとも考えられる。とすれば、いずれも正しい、ということもあり得る。

とは言え、それを考えることが本稿の目的ではないので、ここでは結論だけを述べておくが、筆者は墾田の管理・運営に関わる用務とする説がもっとも蓋然性が高いと考えている。反対に、『万葉集』の編纂に関わる打ち合わせとする説は、可能性が低いように思われる。諸兄派と大伴氏との協調関係を構築するためとする説は、墾田に関わる用務のついで、すなわち結果的にそうした副産物もあった、ということではないかと考えている。

ともあれ、『栄華物語』以後、諸兄を『万葉集』の撰者とする説もある。その当否は措くとしても、自ら宴席の主宰者となり、歌を詠んでいる（巻六・一〇二五など）。諸兄が歌に関心を寄せる人物であったことは間違いない。また最近は、「あきはぎの」という歌木簡や「黄葉」（『万葉集』のモミチの一般的表記）と書かれた墨書土器などが出土して話題となった、馬場南遺跡（京都府木津川市木津）と諸兄との関係を指摘する説もある（上田正昭「木津川市馬場南遺跡が語るもの――神雄寺と万葉歌木簡――」上田正昭監修『天平びとの華と祈り　謎の神雄寺』柳原書店・二〇一〇）。諸兄が奈良時代の歌文化の有力な担い手であった可能性は高い。

その使者の福麻呂には、巻六に宮廷儀礼歌的な長歌群も見られ、宮廷歌人的な存在だったとする説もある（橋本達雄「田辺福麻呂」『万葉宮廷歌人の研究』笠間書院・一九七五）。そうした福麻呂が越中を訪れた時の用務が何であったにしても、家持は当然、楽しく歌の遣り取りができることを期待したはずである。

3

二十三日に越中守の公邸で行なわれた宴で、福麻呂は次のような四首の歌を披露している。本稿の冒頭に掲げた歌は、その一首目に見られる。

奈呉の海に　舟しまし貸せ／沖に出でて　波立ち来やと　見て帰り来む　（巻十八・四〇三二）
波立てば　奈呉の浦廻《み》に　寄る貝の／間なき恋にそ　年は経にける　（巻十八・四〇三三）
奈呉の海に　潮のはや干ば／あさりしに　出でむと鶴《たづ》は　今そ鳴くなる　（巻十八・四〇三四）
ほととぎす　厭ふ時なし／あやめぐさ　かづらにせむ日　こゆ鳴き渡れ　（巻十八・四〇三五）

右の四首、田辺史福麻呂

題詞によれば、この宴席では「古詠」も披露されたとされるが、四首目の「ほととぎす」の歌が、それにあたる。作者未詳歌だが、巻十の「夏雑歌」（一九五五）にすでに収録されている。したがって、それを除いた三首が、福麻呂が当日作った歌だということになる。いずれも「奈呉の海（浦）」を詠んだものである。

「奈呉の海」とは、富山県射水市の海岸。富山湾に面した「放生津浦のこと」（『富山県の地名〈日本歴史地名大系〉』平凡社・一九九四）である。現在の伏木富山港の一帯で、かつては放生津潟と呼ばれる潟湖（ラグーン）が存在したが、現在は埋め立てられて、工場用地になっている。その一帯は、越中守の館から、直線距離で東に二、三キロに過ぎない。現在は、その館の跡とされる伏木気象資料館の敷地に立つと、目の前の二階建ての民家に視界を遮られてしまうが、かつてはそこから遠望できたに違いあるまい。諸注も口を揃えて、遠望できたからこそそうたったのだと説明している。

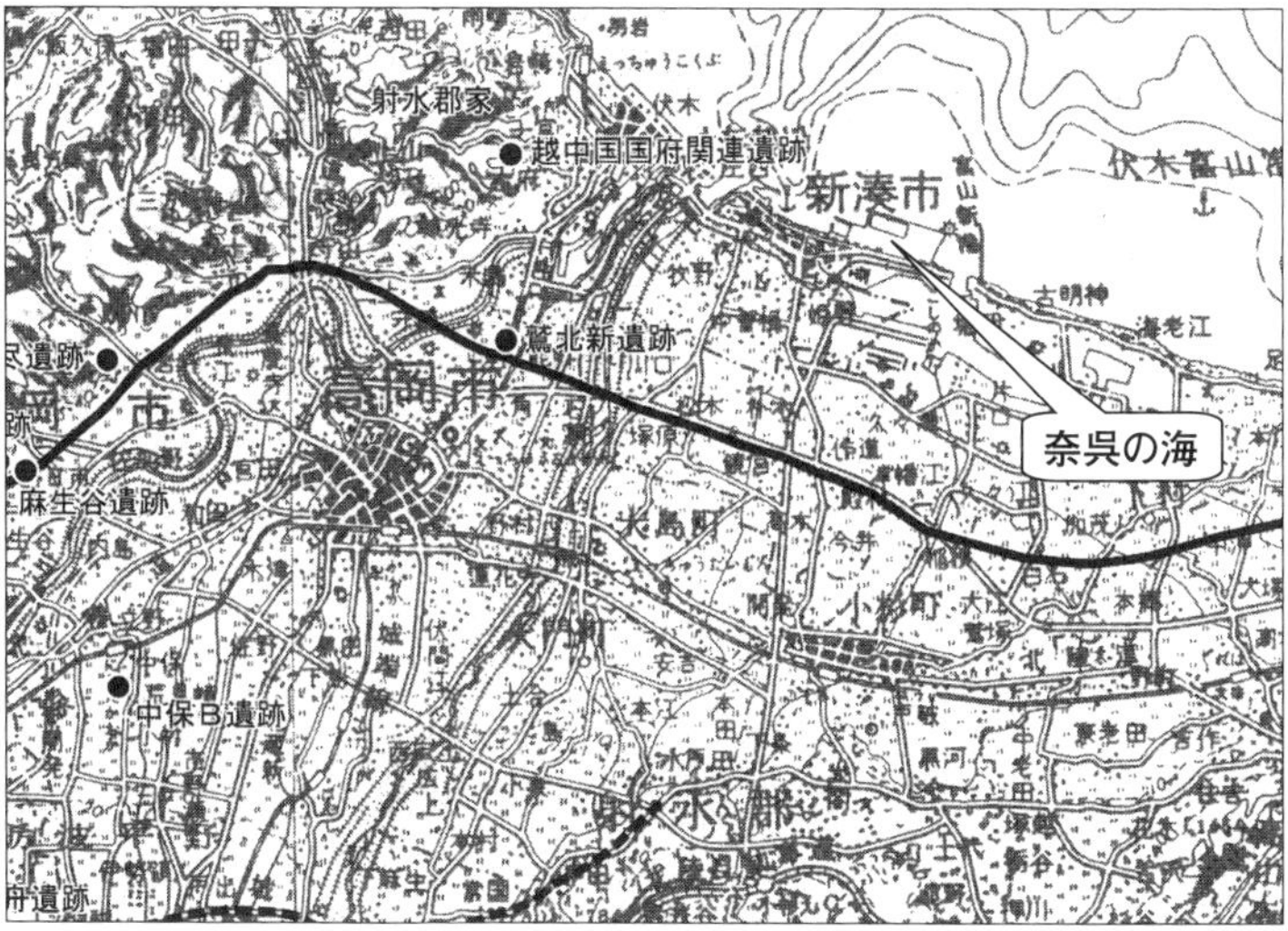

古代交通研究会編『日本古代道路事典』（八木書店・2004）より。なお、新湊市は2005年11月、周辺の町村と合併し、射水市となっている。

しかし、天気さえよければ、霊峰立山を遠望することもできる。近くには射水川も流れている。もちろん、背後の二上山を詠んでもよい。にも関わらず、その中から特に「奈呉の海」が選ばれたのには、理由がなければなるまい。松尾芭蕉の『奥の細道』には「くろべ四十八か瀬とかや、数しらぬ川をわたりて、那古と云浦に出」と見える。後世には歌枕とされ、芭蕉はそれを意識していたのだが、福麻呂の時代に歌枕という意識があったはずはない。

結論から言えば、福麻呂はほかならぬ「奈呉」（ナゴ）という地名に興味を抱き、当該歌を作ったのではないかと考えられる。たとえば、大伴坂上郎女に次のような長歌が見える。

大汝　少彦名の　神こそは　名づけ始めけめ／
名のみを　名児山と負《お》ひて　吾が恋の　千重の
一重も　慰めなくに　（巻六・九六三）

という一首である。坂上郎女には大宰府（福岡県太宰府市観世音寺に大宰府跡がある）で過ごした時期があったが、この歌は天平二年（七三〇）十一月、都に帰る時の作である。それは、大汝と少彦名の神がナゴ（慰める）と名づけた「名児山」なのに、私の恋の思いの千分の一も慰めてはくれない、といった意味である。

「名児山」とは、玄界灘に面した福岡県福津市と宗像市との境にある低い山（標高一六五メートル）である。福岡市中心部の北北東、二五キロほどに位置するが、そこは当時の官道から外れており、官人たちの帰京のルートであったとは考えられない。坂上郎女には、「京に向かふ海路にして、浜の貝を見て作れる歌」（巻六・九六四）もある。したがって、実際に「名児山」を越えたから、それが詠まれたというわけではない。また、その時坂上郎女が恋に悩んでいたわけでもあるまい。それは地名からの連想に基づく言葉遊びを中心とした一首であったと考えなければならない（野口恵子「《夷》をうたうこと——大伴坂上郎女の「名児山」の歌をめぐって——」梶川信行編『万葉人の表現とその環境　異文化への眼差し』冨山房・二〇〇一）。

坂上郎女の大宰府下向は、大宰帥（大宰府の長官で、従三位相当）の大伴旅人の妻が死去したことを受けて、旅人の嫡男家持の養育のためであったとする説がある（久米常民「大伴坂上郎女の生涯と文学」『万葉集の文学論的研究』桜楓社・一九七〇）。とすれば、家持はその時坂上郎女とともに帰京した、ということも考えられる。その当否は措くとしても、初期の家持の創作が叔母の影響下にあったことは間違いのない事実である。類同歌も多い（小野寺静子「大伴家圏の歌——類歌から考える」『坂上郎女と家持　大伴家の人々』翰林書房・二〇〇二）。家持は当然、「名児山」の歌も読んでいたに違いあるまい。

また、

名草山　言にしありけり／吾が恋ふる　千重の一重も　慰めなくに　（巻七・一二一三）

といった歌もある。これも「名児山」の歌とまったく同じ発想であり、言葉遊び的なものにほかならない。

「名草山」とは名ばかりであって、ちっとも慰めてくれないと腐した歌である。

遣新羅使歌群にも、

家島は　名にこそありけれ／海原を　我が恋ひ来つる／妹もあらなくに（巻十五・三七一八）

という、よく似た発想の歌が見られる。これは新羅からの帰路の歌であって、いよいよ家が近づいた喜びが前提にある。「家島」（兵庫県姫路市の家島群島）とは名前だけであって、恋しい「妹」はいない、という一首である。

これらはいずれも、「まずは地名ありき」の歌だと言ってよい。地名がそうだったからこそ歌が生まれたのであって、必ずしも心情を訴えたかったから歌ができたというわけではない。

『万葉集』には、こうした形で地名を言葉遊び的に利用した歌が数多く見られる。たとえば、

吾妹子に　相坂山の　はだすすき／穂には咲き出ず　恋ひ渡るかも（巻十・二二八三）

吾妹子に　衣春日の　宜寸川《よしき》／よしもあらぬか　妹が目を見む（巻十二・三〇一一）

……　我が心　筑紫の山の／黄葉の　散り過ぎにきと　君がただかに（巻十三・三三三三）

といった形である。「相（逢ふ）坂山」では吾妹子に逢い、「春（貸す）日」では衣を貸し、「筑紫（尽くし）」では心を尽くすのだ。

そのほかにも、次のような地名が同音の別の語を連想させ、歌のレトリックとして利用されている。

明石（赤し・明し）　　淡路の島（逢ふ）
近江（逢ふ）　　壱岐（行き）
印南野（否み）　　宇治川（氏）

鹿背山（枷）　可敝流廻（帰る）
巨勢道（越せ）　墨坂（住み）
鞆の浦（共）　奈良（慣らす・慣れる）
後瀬山（後）　真土山（待つ）
松帆の浦（待つ）　松浦川（待つ）
三笠の山（御笠）　敏馬の浦（見ぬ女）
三輪（神酒）　吉野（良し）

思いつくままに挙げてみても、このように多くの例が見られる。また、意図的に用いたレトリックではないが、記紀や風土記の地名起源説話は、こうした表現の宝庫だと言ってもよい。

当該歌も、同様の例の一つに違いあるまい。それは、ナゴの海という〈なご〉（和やかな、あるいは柔らかな状態の意）の海であるはずなのに白波が立っている、ということを発想の契機として生まれた歌であったと考えられる。あるいは、ナゴという音から〈凪ぐ〉を連想したのだと考えてもよい。いずれにせよ、地名と実態との矛盾をおもしろがっている歌にほかなるまい。

そこで、改めて一首を意訳的に説明すれば、〈なご〉あるいは〈凪ぐ〉という名の「奈呉の海」なのに、おかしなことに波が立っている、船をしばらく貸して下さいな、沖に出て行って、どこでどのようにその不似合いな波が立って来るのか、見届けて帰って来ましょう、ということになろう。

4

筆者はかつて、大阪湾に面した西宮市の海辺で生活したことがある。その時の印象で言えば、大阪湾はあたかも山に囲まれた大きな湖（琵琶湖の二倍強ほどの広さである）のような感じである。周囲に六甲山系の山々や淡路島があるばかりでなく、その出入り口となっている明石海峡も紀淡海峡も、ごく狭い水路に過ぎない。したがって、水平線は見えず、外海から閉ざされているので、普段は波もほとんど立たない。実に穏やかな海なのだ。

ところが、同じく湾とは言え、富山湾は格段に広い上に、日本海に大きく口を開けている。国庁のあった伏木付近の海岸は言うまでもなく、奈呉のあたりの海岸でも、天気のよい日には、広々とした水平線を見ることができる（高岡市万葉歴史館・新谷秀夫総括研究員談）。それは難波の海にはない景観であって、同じく海とは言っても、両者の景観には大きな違いがある。

空と海とが一つに溶け合っているところを「海界《うなさか》」と言ったのであろうが、古代の人たちにとって、水平線の向こうはまさに、思議を超えた世界であったと考えられる。浦嶋伝説では、その先には「海神の神の宮」（巻九・一七四〇）も存在した。

海神《わたつみ》は　奇《くす》しきものか／淡路島　中に立て置きて／白波を　伊予にめぐらし　……（巻三・三八八）

という歌も見られるように、海神は潮の満ち干を司っていたばかりでなく、波を起こす力も持っていた。「海界」の向こうには、そうした霊威あるものが潜んでいる。古代の人たちにとって、それはリアルな感覚だったに違いあるまい。

しかも、富山湾は総じて波が高い。とりわけ低気圧の通過後などには、しばしば「寄り回り波」という現象も起きる。それは「あいがめ」という急峻な海底地形により、来襲した高波が浅瀬でせり上がり、勢いを保ったまま沿岸に打ち寄せる現象で、突如として打ち寄せ、不意をつくため被害が大きい。射水市一帯（奈呉の海）の海岸も、その被害の多い地域であると言う（吉田忠「富山湾の「寄り回り波」について――うねり性波浪（寄り回り波）の特性解明と今後の対応――」国土交通省北陸地方整備局）。

もちろん、そうした現象が日常的に起きているわけではないが、富山湾は日本海に大きく口を開けており、しかも、能登半島が湾を囲むように日本海に突き出しているので、外海のうねりを集めやすい。波の立ちやすい海なのだ。福麻呂はしばらく越中に滞在する間に白い波頭を見て、大阪湾とは異なる富山湾のありように気づいていたのであろう。古代の人たちには、そこは霊威の強い海だと感じられたに違いあるまい。そして、その波は「海界」で生まれる。海神が起こしているのであろう。だからこそ、「沖に出でて　波立ち来やと　見て帰り来む」という歌が生まれたのだと考えられる。

二首目の歌にも「波立てば」（四〇三三）と詠まれている。ここにも、「海界」のない大阪湾とは違って、力強く打ち寄せる富山湾の波に、福麻呂が新鮮な驚きを覚えていたことが窺える。見えざる神の力を感じていたのであろう。しかも、そこは〈なご〉あるいは〈凪ぐ〉を連想させる「奈呉の海」であった。地名と実態も矛盾している。したがって、福麻呂はその矛盾をおもしろがって、舟を出して波の生まれるところを見てみたい、と興じたのだと考えられる。

このように、当該歌は地名を契機として生まれた言葉遊び的な一首であったと見られる。そして、そうした発想が生まれるもう一つの契機が、水平線の彼方から押し寄せる富山湾の力強い波であったと考えられる。

それは、穏やかな湖のような大阪湾とはまったく違った海だったからこそ生まれ得た、座興の歌だったということになろう。越中における宴席の座興として、当該歌はまことにふさわしい一首であったと見ることができる。

5

それでは、当日作られた二首目と三首目の歌は、どのような内容だったのか。当該歌に対する上述のような捉え方が妥当なものであるのか否かの検証をも兼ねて、それを見ておくことにしたい。

二首目の「波立てば」は、一首目の「波立ち来」を受けたものだが、初句から三句までは、「奈呉の浦廻」という地名を詠み込んだ序詞である。それは、波が立つので、〈凪ぐ〉という「奈呉の浦廻」の方に貝が寄る、という意味であろう。ここでも「波立てば奈呉」といった形で、一首目でも興じた地名と実態との矛盾を、再びおもしろがっている。

当然のことだが、越中守の館から「奈呉の浦」の「貝」が見えるはずはない。「貝」は海辺の旅の歌にしばしば詠まれているが、それはその類型に基づいて選ばれた景物であろう。そして、そうした序詞から「間なき恋にそ　年は経にける」という恋情が導かれているのだが、これも恋歌の類型的表現であると言ってよい。

この「恋」は家持に対するものであり、「友人に逢えた喜びを恋歌になぞらえて詠んだ挨拶の歌」（小島憲之ほか『萬葉集④〔新編日本古典文学全集9〕』）であるとする注がある。家持と福麻呂との間に、これ以前、どのような交流があったのかは不明だが、身分の差をも考えると、挨拶歌としてはやや砕け過ぎているようにも見える。この日は、宴の始めから歌が披露されたのではなく、酒も入って、場がかなり和んだ後に歌が披露された、ということではないかと思われる。

福麻呂の歌々を含む『万葉集』巻十八の冒頭部には、上代特殊仮名遣い（キヒミなど十三の音に発音の違いに基づく書き分けがある）の違例をも含め、集中的にさまざまな欠損が見られ、平安時代以後の補修が想定されている（大野晋「万葉集巻第十八の本文に就いて」「国語と国文学」二二巻三号・一九四五）。確かに、福麻呂が越中国守の館を訪れた時の歌々の中にも、「右十首」（巻十八・四〇四三左注）とあるのに、実際には八首しかなかったり、「右十五首」（巻十八・四〇五一左注）とあるところに八首しかなかったりと、失われた歌のあったことが知られる。したがって、この「四首」が実際の宴席の姿を忠実に反映したものであったとは考えにくい。

とは言え、歌の配列まで変えられている、ということではあるまい。少なくとも、福麻呂をもてなした四日間の宴席歌群は、時系列に並んでいると見ることができる。とすれば、福麻呂にとっては、地名と実態の矛盾こそ何を措いても歌に詠むべきことだった、ということになろう。家持がそれに応じた歌はないが、もちろん家持も、福麻呂の意図をきちんと理解していたはずである。

三首目（四〇三四）は、潮の満ち干をうたっている。「潮のはや干ば」とされているが、日本海沿岸は概して干満の差が小さい。しかも、富山湾は水深が深い上に、海岸から急激に深くなることで知られる。とりわけ富山県東部の海岸には、ほとんど干潟がなかった（富山地学会編『富山県の地理学的研究　海岸の地理』富山地学会・一九五九）とされる。そうした中で、射水市の放生津潟は、かつて潟湖であったことが知られている。その干潟では、ツルが餌を啄ばむ光景も見られたのであろう。

とは言え、この時期まで冬鳥のツルがいたとは考えにくい。福麻呂はこの宴以前に、すでに放生津潟一帯を訪れ、コウノトリなどの大型の鳥を見ていたのではなかったかとする注もある（小島憲之ほか校注『萬葉集④

〔新編日本古典文学全集9〕』）。

しかし、「鳴くなる」と伝聞推定の形なので、干潟の存在も、ツルが餌を啄ばむ光景も、すべては想像の世界であって、現在の風景ではない。たとえこれ以前に、放生津潟一帯を訪れた経験があったのだとしても、それは海辺の風景の類型の中でうたったものだと見た方がよい。

つまり、この三首は属目《しょくもく》の景をうたっているように見えて、実はその時実際に見たものをうたっていたわけではない。歌の表現の基本的な型に基づいてうたわれているのだ。もちろん、「奈呉の海」から〈なご〉の海や〈凪ぐ〉海を連想することも、歌の世界の基本的なレトリックであったと考えられる。宮廷歌人的な活動をしたとされる福麻呂は、さすがにそうした表現方法をよく弁えていたということであろう。

6

筆者は、福麻呂が類型性の中でうたったということを、決してマイナスに評価しているわけではない。古代の歌とは、類型的なものにほかならないからである。むしろ、パターンがあったからこそ容易に歌が生まれ得た、と言うべきであろう。もっと言えば、型を踏襲することこそ日本の伝統文化の法則であった、と言ってもよい。福麻呂は、そうした文化を身につけていたのであり、越中守の館の宴席では、それを遺憾なく発揮したということなのであろう。

福麻呂は、既知の難波の海とは異なる越中の海の景観を見て、その違いに興味を抱いたのであろう。力強い波に、霊威の強さを感じていたはずである。もちろん、実際に舟に乗って確かめに行くわけではあるまいが、その波の生まれるところを見てみたいと、興じてみせたのである。その時、そうした歌の創作を支えたものが、類型の存在であったと考えられる。

「奈呉」という地名が〈なご〉や〈凪ぐ〉を連想させるということも、それが歌に詠むべき地名であったことを示している。歌好きの国守家持は、当然それを理解し、積極的に評価したはずである。そう考えてみると、越中の国守の館における宴席歌として、それはなかなか適切なものであったと思われて来る。この歌が巻十八の巻頭に置かれているのも、家持と思しいその巻の編者が、それなりに評価していたことを示しているに違いあるまい。

歌が詠めないなら麝香《じやこう》を献上しなさい——橘諸兄

ただし、秦忌寸《はたのいみき》朝元は、左大臣橘卿謔《たはぶ》れて云はく、「歌を賦《ふ》するに堪《あ》へずは、麝《じゃ》を以《もち》てこれを贖《あか》へ」といふ。これに因《よ》りて黙已《もだを》り。

（巻十七・三九二六左）

1

『万葉集』には七百人ほどの人名が見られる。その中には、額田王・柿本人麻呂・山上憶良・大伴家持といった著名な歌人たちの名も見られるが、そこに登場するのは必ずしも、歌に堪能な人ばかりではなかった。

現代でも、酒席の二次会のカラオケで、心ならずも下手な歌を披露しなければならない人がいるように、平城京の官僚たちも、時に宴席で無理やり歌を求められることがあった。もちろん、単にうたうのではなく、自分で作らなければならない。五七五七七という形に言葉を並べればいいとは言え、あまり下手な歌を披露するのも気が引ける。結局歌を詠むことができず、恥ずかしい思いをした人もいたに違いない。

冒頭に掲げた一文は、宴席で歌が詠めなかった人のことを伝えるものだが、秦朝元という男は「歌が作れないのなら、麝香でもって償いなさい」とまで言われてしまった。麝香はジャコウジカから取れる香料である。漢方薬でもあって、強心剤として利用されたと言う。現在はワシントン条約で輸出入が禁じられているが、日本には生息しない鹿なので、当時も簡単には手に入らなかった。たいへんな貴重品である。

しかも、そうからかったのは、時の「左大臣橘卿」。すなわち橘諸兄であった。言葉を返すのは憚られる。朝元は黙ってしまったと記されているが、今で言えば、これはパワハラかも知れない。さぞ身の縮む思いをしたことであろう。

2

天平十八年（七四六）正月に、奈良では珍しく雪が降った。「地に積むこと数寸なり」（『万葉集』巻十七）とされているので、一〇センチ程度は積もったのかも知れない。私はかつて、奈良で九年ほど過ごしたことがあるが、地形などの関係か、寒い日には風花は舞うものの、雪はほとんど降らなかった。たまに雪化粧をしても、陽が高くなるとすぐに消えてしまう。まさに「ほどろほどろに」（まだらに降り積もる様子の擬態語）降る雪だが、大宰府の大伴旅人もそうした雪を見て平城京を懐かしんだ（巻八・一六三九）。奈良時代の気候は、現代とあまり違わなかったとする研究もある（吉野正敏「歴史時代の気候変動に関する研究の展望」「地学雑誌」一一六号・二〇〇七）。当時も、数寸の積雪は珍しかったのであろう。

この時左大臣の橘諸兄は、大納言以下の諸王諸臣を引き連れて、太上天皇の御在所の雪掻きに馳せ参じたが、それは異常事態だったからこその参内だったと考えられる。太上天皇とは、元正女帝。時に六十七歳であった。この時は甥の聖武天皇の時代だったにもかかわらず、そうした時にこぞって馳せ参じた臣下たちの姿を見て、老女帝は満足し、とても機嫌がよかったに違いない。詔を下し、褒賞として酒を下賜している。

『万葉集』には、その時の様子がやや詳しく伝えられているが、それによると、

> ここに詔を降し、大臣参議并せて諸王は、大殿の上に侍はしめ、諸卿大夫は南の細殿に侍はしめて、則ち酒を賜ひ肆宴《しえん》したまふ。勅して曰く、「汝ら諸王卿たち、聊《いささ》かにこの雪を賦して、各その歌を奏せよ」とのりたまふ。

ということであった。すなわち、老女帝は酒を下賜した一方で、歌を詠むことも求めたのだ。

この肆宴で雪の歌を詠むことは、実は諸兄の発案だったとする憶測もある（伊藤博『萬葉集釋注九』集英社・一九九八）。その可能性は大いにあるが、いずれにせよ、「諸王卿」にとっては、突然のご下命である。頭を抱えた者もいたに違いない。しかし、断るわけには行かない。身分によって、「中宮の西院」の

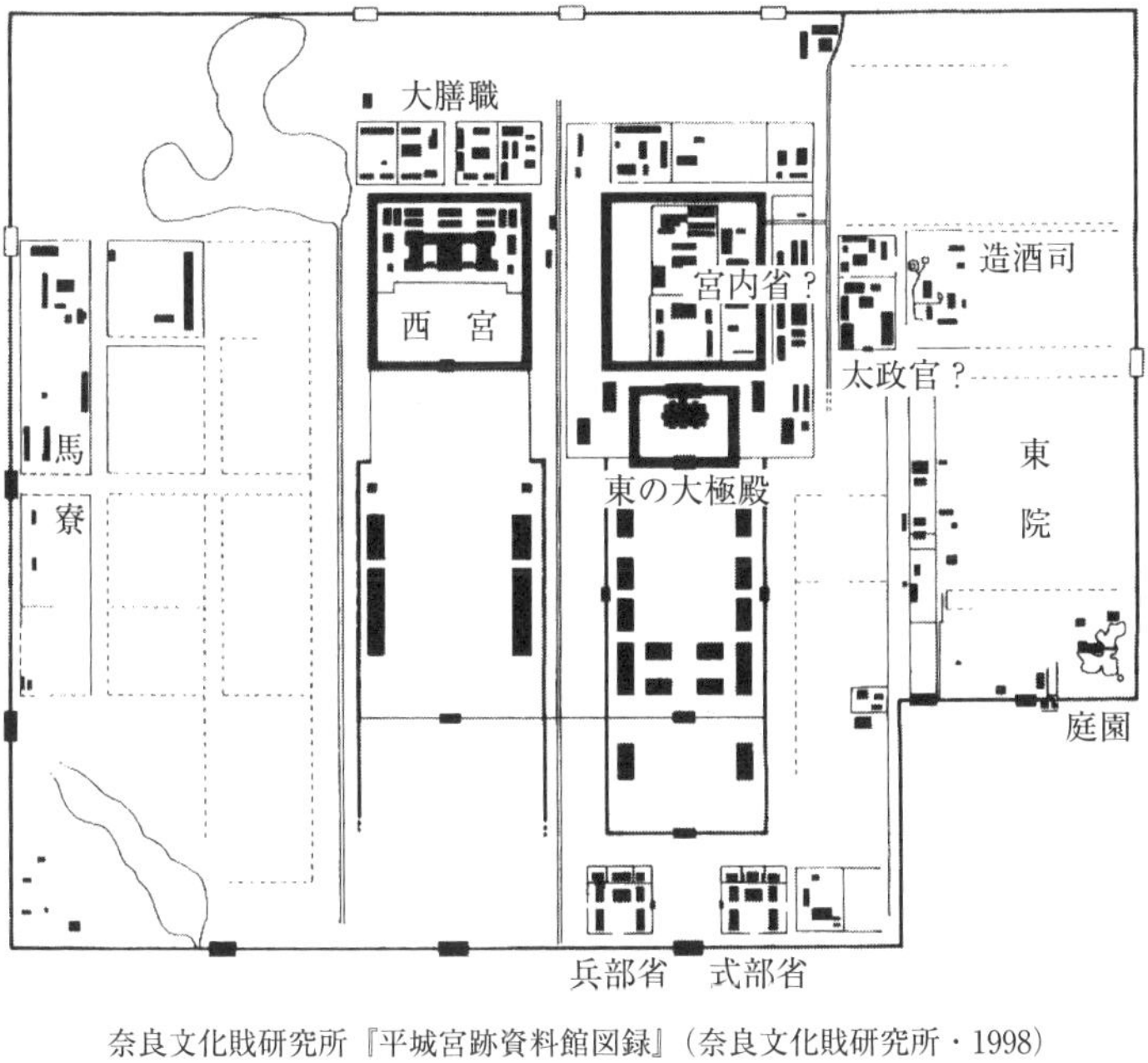

奈良文化財研究所『平城宮跡資料館図録』（奈良文化財研究所・1998）

「大殿」（西宮の中心的建物であろう）と「南の細殿」（不明。西宮の南の回廊か）とに席が分けられ、左大臣の橘諸兄をはじめとして、次々に歌が披露されることになった。

まずは、橘諸兄の歌。それは「大殿」の上で披露されたものと見られる。諸兄の堂々とした声が、老女帝の耳にも直接届いたことであろう。

降る雪の　白髪までに／大王に　仕へ奉れば　貴くもあるか（巻十七・三九二二）

時に諸兄は六十三歳。髪にはすでに白いものが混じっていたに違いないが、「白髪」は長寿を意味する。雪を「白髪」に見立て、「大王」（天皇）に永遠にお仕え申し上げれば、貴いことだとうたっている。永遠の忠誠を言挙げした歌だと見てもよい。こうした儀礼的な場にふさわしい一首であると言えよう。

諸兄の歌は『万葉集』に八首見られる。古来、『万葉集』の編纂に関わったとする説もある（『栄華物語』、仙覚『萬葉集註釋』）が、どちらかと言えば、諸兄は歌に堪能な人であった。近代の歌人たちも、「重厚なひびきがあり」（斎藤茂吉『万葉秀歌　下巻』岩波書店・一九三八）、「形式的ではあるが整つて居る」（土屋文明『萬葉集私注八〔新訂版〕』筑摩書房・一九七七）、「緊張を内に包んで、おほらかに、細部に亘らない、品位ある詠み方をしてゐる」（窪田空穂『萬葉集評釋　第十巻〔新訂版〕』東京堂出版・一九八五）と、この歌を概ね肯定的に評価している。

続いて、紀朝臣清人の歌が見える。清人はこの時従四位下。「大臣参議并せて諸王」ではないので、「南の細殿」の方に席が与えられたのであろう。したがって、自身が直接詠み上げたのではなく、文字に認めたものを提出し、内侍司の命婦などが老女帝の前で、それを詠み上げたのかも知れない。

近年、各地の遺跡から歌木簡と呼ばれる木切れが出土している。完全な形のものは、長さが二尺ほど（六〇センチ程度）。厚さ数ミリの細長い板に、「皮留久佐乃皮斯米之刀斯」（前期難波宮跡出土の歌木簡）のように、漢字のみで一行に歌を記したものと推定されている（栄原永遠男「木簡として見た歌木簡」「美夫君志」七五号・二〇〇七）。宴席の場で歌を記すには、薄い紙よりも、短冊状の木簡の方が書きやすい。ここでも、そうした木簡が使用された可能性があろう。

ともあれ、それは、

天の下　すでに覆ひて／降る雪の　光を見れば　貴くもあるか　（巻十七・三九二三）

という歌だが、天下をすっかり覆って降った「雪の光」を、天皇の恩光だ（契沖『萬葉代匠記』）としている。すなわち、天皇の徳があまねく天下を照らしているという意味で、もちろん天皇を称えた歌にほかならない。

清人は文章博士。国史の編纂（『続日本紀』和銅七年二月条）に携わったり、首皇子（後の聖武天皇）の教育係（『続紀』養老四年五月条）を務めたりもした人で、当時の名だたる学者であった。それもあって、これは漢語の「雪光」を踏まえているのだとする説がある（小島憲之ほか『萬葉集④〈新編日本古典文学全集9〉』小学館・一九九六）。また、結句の「貴くもあるか」は諸兄の歌の表現をそのまま受けたものだが、宴席では一般に、前に詠んだ人の歌の表現や内容を受け継いで行くことが求められる。その点も卒なくこなしていて、辛口の歌人でさえ「格調を備へてゐるやうに思はれる」（土屋文明『萬葉集私注八〈新訂版〉』）と、肯定的に評価している。これも、場を弁えた適切な一首だと見ることができよう。

『万葉集』にはさらに、紀朝臣男梶、葛井連諸会、大伴宿禰家持が、それぞれに新年の雪を寿ぐ歌を披露したことが伝えられているが、ここではとりあえず、こうした儀礼的な歌々が、太上天皇の前で次々と披露されたのだということが理解できれば、それでよい。冗長になるので、紀男梶以下の歌の説明は割愛することにしたい。

3

『万葉集』は五人の歌の後に、藤原豊成と巨勢奈弖麻呂という二人の中納言をはじめとして、十八人の名を挙げている。そして、

右の件の王卿等は、詔に応へて歌を作り、次に依りて奏す。登時記さずして、その歌漏り失せたり。

と記している。この「王卿等」は詔に応じて歌を作り、次々に奏上したのだが、その時メモを取らなかったので、それらは記録から漏れてしまった、と言うのだ。冒頭の「ただし、秦忌寸朝元は」という一節は、それに続く記述である。

つまり、雪掻きの褒賞としての宴では、二十三人の「王卿等」が連なって歌を奏上したが、紫香楽宮の留守官として都にいなかった紀麻路を除き、出席可能な台閣のメンバーは全員が歌を奏上したことになる（拙稿「新嘗会肆宴歌群とその周辺――作歌環境としての平城宮――」『万葉人の表現とその環境　異文化への眼差し』冨山房・二〇〇一）。その中で、朝元ただ一人が歌を詠まなかったのだ。

諸兄は後に、酒席の舌禍事件で引退に追い込まれている（『続日本紀』天平勝宝七歳十一月条）が、この時も、朝元が貴重な麝香を秘蔵していることをどこからか聞き及んで、それを暴露してしまったのであろう。肩身の狭さはもちろんのこと、黙ってしまったということからすれば、言わずもがなのことを公表され、朝元の腸は煮えくりかえっていたのかも知れない。

歌が記録されずに、名のみ記されている人の中に、参議（四位以上の者が任じられる。中納言に次ぐポスト）の藤原仲麻呂の名も見える。仲麻呂はこの宴席の二カ月後、すなわち天平十八年（七四六）三月に、式部卿となっ

ている。式部省は文官の人事を扱う役所だが、仲麻呂は人事権を握ったことで、自派の官人たちを優遇する一方、諸兄派の人たちを排斥して行く。やがて光明皇后の支援も受けて、諸兄の引退後には、自分の屋敷に住まわせていた大炊王を擁立し、皇太子としている。そして天平宝字二年（七五八）八月、その大炊王が即位した後は、権力をほしいままにするようになる。

すなわちこの宴席は、諸兄の政権下でありながら、仲麻呂の力が上昇して行く時期のものであった。それもあって、「大殿」も「南の細殿」もまさに呉越同舟の状態だったと考えられる。発言に気をつけないと、どんな災難に見舞われるかわからない。したがって、朝元は諸兄の歌に和すか、仲麻呂の歌に同調するか、態度を決めかねていたのではなかったか。

名のみ記された十八人の大半は、『万葉集』に歌のない人たちである。歌を披露することに慣れていない人も多かったに違いない。しかも、突然作歌を求められたばかりでなく、単に「雪」を詠むだけでは格好がつかない。できれば、その日の宴を寿ぎ、太上天皇を称えた方がよい。また、前の人の歌を踏まえた結果として、同じような歌になってしまう危険性が高い上に、左大臣の諸兄が真っ先に、実に適切な歌を詠んでしまった。続く文章博士の清人の歌も、さすがに卒がない。あとに続く者たちは、非常にやりにくかったはずである。こうしてみると、家持がその人たちの歌を記録しなかったのは、単に記録するに値しない似たり寄ったりの歌が多かった、ということに過ぎないのかも知れない。

しかし、家持が歌を記録しなかったのには、別の理由もあったと考えられる。家持は間違いなく、諸兄派の一人であった。熾烈な権力闘争の中にあって、十八人の中には、仲麻呂のような不倶戴天の敵も含まれていた。しかも、この時の家持は、その場で歌を記録しなければならないような立場でもなかった。一緒にいるだけでもあまり愉快ではないのに、その人たちの歌をわざわざ記録する必要はあるまい。そう考えたとしても、決して不思議ではない。

とは言え、家持は後に、『万葉集』に歌を記録しなかった参会者全員の名を記し、「右の件の王卿等は、詔に応へて歌を作り、次に依りて奏す」と、その人たちが確かに歌を奏上したということを記録に残している。そして、朝元のみが歌を詠まなかった、ということも。その結果、これだけのメンバーが揃って太上天皇の前で歌を奏上したのに、朝元だけが歌を詠まなかったという不名誉な事実が、後世に伝えられることになってしまったのだ。結果として、諸兄のパワハラに、家持も密かに加担したことになろう。

4

秦氏は、初期の渡来系氏族である。『新撰姓氏録』（左京諸蕃上）によれば、秦の始皇帝の子孫の功満王が仲哀天皇の時代に来朝したとされるが、もちろんそれは単なる伝説に過ぎないだろう。百済系とする説と新羅系と見る説があるが、いずれにせよ、現在では朝鮮半島からの渡来人であったとするのが通説である（水谷千秋『謎の渡来人　秦氏』文春新書・二〇〇九）。

『日本書紀』（欽明天皇即位前紀）には、秦大津父という人物の出世に関わる伝承が見られる。大津父は商いのための旅をしていたが、山背国の深草里（京都市伏見区深草）にいたところを、やがて不思議な縁で、男大迹皇子（後の欽明天皇）に見出されて登用された。そして、皇子に優遇された結果として、非常に裕福になったが、その皇子が即位すると大蔵省に勤務したとする話である。因みに、秦氏の中からは、この大津父のように、財務官僚的な立場で活躍した人を多く輩出している。

また秦氏は、絹・綿・糸の生産に従事する部民も配下に持ち、山背国葛野郡（京都市右京区を中心とした一帯）を本拠地として、財をなした一族として知られる。平安遷都の際には秦氏の財力が必要とされたように、秦氏の財力は政治を大きく動かすほどのものであったと考えられている。朝元が秘蔵していたと見られる麝香も、そうした秦氏の財力によって手に入れたものだったのではないか。

『懐風藻』（弁正伝）によれば、朝元の父は、弁正という僧であった。俗姓は秦氏だが、老荘などの道家の学問や仏教学に優れ、大宝二年（七〇二）に海を渡った遣唐使に同伴し、入唐したのだとされる。囲碁を通じて、李隆基（即位前の玄宗皇帝）と交流を持ったとも伝えられる。在唐中に唐の女性と結婚し、朝慶・朝元という二児を儲けた。つまり、朝元は日中のハーフであった。

父の弁正と兄朝慶は唐で没したとされるが、朝元は日本に渡って来た。『続日本紀』によると、養老三年（七一九）四月、朝元は渡来系の人に与えられる忌寸の姓を賜っている。したがって一般に、養老二年（七一八）に派遣された遣唐使とともに来日したと見られている（青木和夫ほか『続日本紀二〈新日本古典文学大系〉』岩波書店・一九九〇）。

養老五年（七二一）正月には、医術に優れていることで、その道の師範たるにふさわしい人物の一人として褒賞されている。時に、従六位下。まだ十代の若者だったが、在唐中に中国の医術を学んでいたのであろう（橋本政良「秦忌寸朝元について」『続日本紀研究』二〇〇号・一九七八）。

当然のことだが、朝元は中国語にも堪能であった。天平二年（七三〇）三月には、通訳を養成する任が与えられ、弟子二人に教授したとされる。翌三年三月に、外従五位下。『懐風藻』によれば、天平五年に派遣された遣唐使の判官として、再び故郷の土を踏んでいる。通訳も兼ねたのであろうが、玄宗皇帝に拝謁した折には、父の縁故によって厚遇されたとも伝えられる。

天平七年（七三五）に帰国したが、麝香はその時唐から持ち帰ったのではないかとする推測もある（高木市之助ほか『萬葉集四〈日本古典文学大系〉』岩波書店・一九六二）。確かに、その可能性は高いものと思われる。帰国後、外従五位上に昇進し、天平九年（七三七）十二月には、図書頭に任じられている。国史の編纂などを行なう図書寮の長官である。また、この肆宴の二カ月後には主計頭となっている。予算編成などを行なう財務官僚のトップだが、これはいかにも秦氏の人にふさわしいポストであろう。

『万葉集』には、六人の秦氏の人物が登場する。しかし、経済活動に特徴づけられる実利的な一族だったからであろうか、朝元をも含め、歌の場の中心となって活躍した人はいない。どちらかと言えば、歌という文化には疎遠な氏族だったように見える。

5

朝元の経歴からは、非常に優秀な人物であったことが窺えるのだが、彼は本当に歌が作れなかったのか。帰国子女とは言え、日本で生活すること、二十七年に及んでいる。また、やや主観的な物言いになるが、『万葉集』には、指を折りつつ、どうにか五七五七七の形に言葉を連ねただけにしか見えない歌も存在する。作歌に熱心な家柄ではないものの、朝元がその程度の歌すら作れなかったとは考えにくい。

朝元は、苦手ながらも歌が詠めたのだとする説がある。この日は太上天皇主催の宴席であり、作歌はその太上天皇自身が所望したことであった。当然、下手でも詠まないわけには行かない。したがって、朝元は歌を作ったのだが、自分でもあまりできがよいとは思えない歌を詠もうとしたまさにその時、冒頭に掲げたよ

うな諸兄の声がかかったので、朝元は黙ってしまったのだと見るのである（中西進「朝元」『万葉史の研究』桜楓社・一九六八）。

歌に堪能で身分の高い諸兄が、あまり歌が得意とは言えない下僚の朝元に、あえてプレッシャーを与えるような声をかけた、ということになろう。「大殿」にいたはずの諸兄が、「細殿」に控えていたと見られる朝元に、どうやって声をかけたのか。その点がよくわからないが、朝元にかけたその言葉を咀嚼すると、「そなたの一族はずいぶんと富を蓄えているようだが、聞くところによると、唐との間を行き来したそなたは、麝香まで秘蔵していると言うではないか。歌が作れないのなら、それで弁済してもいいのだぞ」といった意味になろう。朝元には、諸兄の意に沿わない歌だった場合も、高い代償が必要だと聞えたことであろう。

一方に、作歌が苦手な朝元に、諸兄が冗談めかして救いの手を差し伸べたのだとする見方もある（伊藤博『萬葉集釋注九』）。これも、別の建物に控えていた朝元にどうやって言葉をかけたのか不明で、納得しにくい説明だが、社交の具であった歌が詠めないことを、単なる帰国子女の悲哀と見るのだ。しかし、繰り返すが、朝元は黙ってしまったと書かれている。朝元ほどの智性の持ち主ならば、歌ではなかったにしても、諧謔には諧謔で応じることができたのではないか。したがって、棘のある言葉だったからこそ黙ってしまったのだと考えた方が、自然ではないかと思われる。

それにしても、なぜ麝香なのか。諸注はその点にあまり触れていないが、それを考えてみなければ、諸兄の真意を理解できたことにはなるまい。

奈良東大寺の正倉院（37頁写真）には、かつて麝香が所蔵されていた。現在は残っていないと言うが、『奉盧舎那佛種々薬』に「麝香卌剤」と見える（『第62回　正倉院展』奈良国立博物館・二〇一〇）。この薬のリストは一般に『種々薬帳』と呼ばれているが、幸いにも平成二十二年（二〇一〇）秋の正倉院展で、現物を見ることができた。また、それを保管したと見られる麝香皮の嚢も残されているが、かつて、やはり正倉院展で、それを見たことがある。麝香は、興奮剤・強心剤として用いたのだとされる。しかし正倉院の麝香は、天平宝字五年（七六一）以後しばしば利用に供され、弘仁十三年（八二二）に至って、すべてなくなってしまったのだと言う（『平成九年　正倉院展』奈良国立博物館・一九九七）。

『続日本紀』によれば、元正女帝は天平十九年（七四七）十二月に、

頃者《このころ》、太上天皇枕席安からずして、稍《やや》く弦朔を経たり。医・薬の療治、効験を見さず。天下に大赦すべし。

と伝えられている。長らく体調が優れず、「医・薬の療治」が続けられたが、その「効験」がなかったので、天下に大赦を行なったと言うのだ。しかし、その甲斐もなく、翌二十年（七四八）四月に、老女帝は崩じている。

女帝の体調については、天平八年（七三六）七月にも「比来、太上天皇、寝膳安からず」とされ、「都下の

四大寺」で「行道」(仏を礼賛供養するため、経を読んだり華を献じたりしながら、仏座の周辺を右回りにゆっくり歩く儀式)をさせるなどの対策が講じられている。「不予」(天皇の病気)の記事は神亀三年(七二六)六月にも見えるので、女帝はずっと持病を抱えており、当面の肆宴の時もすでに「医・薬の療治」を必要としていた可能性が高い。この正月はたびたび地震に見舞われたが、そうした中で、女帝の体調も思わしくなかったのであろう。

当時の貴族社会においては、長生を得るための薬物に対する関心が高かったとする研究がある(増尾伸一郎「〈長生久視〉の方法とその系譜」『万葉歌人と中国思想』吉川弘文館・一九九七)。諸兄が「麝を以てこれを贖へ」と言ったのは、麝香の薬効を知っていたからではなかったか。いわゆる『種々薬帳』には、藤原仲麻呂の署名のほか、『万葉集』にも登場する藤原永手、高麗福信らの署名も見られる。したがって、彼らは当然、麝香の薬効を知っていたはずである。当時の知識人たちにとって、それは周知のことだった可能性が高い。

だとすれば、この時老女帝は心臓を患っていて、「歌で忠誠を誓うことができないのなら、そなたは医師なのだから、秘蔵している麝香を献上することで、太上天皇のお役に立ちなさい。秦氏にはそのくらいの財力もあるだろう」といった意味であったと考えられる。もちろんそれは、体調の優れない老女帝に対する諸兄の配慮であったが、一方で朝元は、諸兄に従う気があるのかどうか、呉越同舟の場で試されていたのであろう。

朝元が黙ってしまったということは、麝香が献上できなかったということになる。確かに、朝元が遣唐使の一員として渡唐した際、秦氏の財力をバックに麝香を輸入した可能性は十分に考えられる。しかし、帰国してから十数年。すでに使い果たしてしまった、ということか。あるいは、新羅使を通じた交易で、額田王の曾孫にあたる池辺王が、鏡などとともに、麝香・人参などの薬品の購入を申請した例も見られる（『大日本古文書』第二十五巻）ので、そうした機会にも恵まれなかった、ということか。歌も詠めず、麝香も献上できずで、朝元は非常に辛い立場だった、ということになろう。

6

私の見方は、少々意地の悪い深読みかも知れない。しかし、『万葉集』の舞台であった平城京が、政権抗争渦巻く世界であったことは誰にも否定できない。とりわけ天皇臨席の宴席は、腹に一物持つ人たちが、心ならずも同席しなければならない場であった（拙稿「新嘗会肆宴歌群とその周辺——作歌環境としての平城宮——」『万葉人の表現とその環境　異文化への眼差し』）。その男は敵か味方か。諸兄のように権力を持つ者はなお一層、常に腹の探り合いをしていたと見た方がよい。もちろん、朝元の方も、権力者の腹の内を読まねばならない。綺麗ごとだけでは『万葉集』は読めない。

今宵は歓を尽くしましょう――大伴家持

黄葉《もみちば》の　過《す》ぎまく惜《を》しみ
思《おも》ふどち　遊《あそ》ぶ今夜《こよひ》は　明《あ》けずもあらぬか　（巻八・一五九一）

右の一首、内舎人大伴宿禰家持《うどねりおほとものすくねやかもち》

1

右は「橘朝臣奈良麻呂、集宴を結ぶ歌十一首」という題詞によって伝えられた歌々の中の一首である。この歌群には、「以前は、冬十月十七日に、右大臣橘卿の旧宅に集ひて宴飲せるなり」という左注も付されている。『万葉集』巻八における配列からすれば、それは天平十年（七三八）の十月十七日のことであった。内舎人とは、貴族の子弟が皇族の雑役・警備にあたる官僚見習い的なポスト。若者たちである。通説によれば、大伴家持は当時二十一歳。弟の書持とともに参加していた。そうした彼らを含め、この宴に参加していたのは当時の若者たちであったとされる。

一首は、美しい「黄葉」の季節が過ぎ去ってしまうのが惜しいので、気を許した仲間たちと遊ぶ（文雅に興ずる）今夜は明けないでほしいものだ、というほどの意。一般に、その宴席を締め括る歌であったとされている。それは、「その夜の宴を喜んでゐる心で、事の全體を氣分化して捉へ、極めておほらかに詠んでゐるものである」（窪田空穂『萬葉集評釋　第五巻［新訂版］』東京堂出版・一九八四）、「全体を要領よく納めている。格別に深い感慨があるわけではないけれども、納め歌としてよくすわっている」（伊藤博『萬葉集釋注四』集英社・一九九六）、「全十一首のしめくくりとしてふさわしいものである」（阿蘇瑞枝『萬葉集全歌講義四』笠間書院・二〇〇八）などと、締め括りの歌として肯定的に評価されることが多い。

当然のことながら、宴席は社交の場であった。したがって、その場の空気と、参会者の中における自分の相対的な位置を適切に見極め、その場にふさわしい歌を披露しなければならない。右の諸注もこの歌を、いわゆる〈名歌〉と見ているわけではなく、社交の場における状況判断の適切さを評価しているのであろう。とは言え、その宴席はいかなるものだったのか。また、家持はその場の空気をどう読んで、歌をなしたのか。右のような評価が適切なものであるのか否かを判断するためには、その点をきちんと見据えなければならない。

2

この宴席の主宰者は、橘奈良麻呂であった。奈良麻呂の父は橘諸兄で、天平十年（七三八）は正三位右大臣。その前年に、政敵と言うべき藤原不比等の四子が、疫病のために相次いで没している。また聖武天皇の信任も篤く、この頃はまさに諸兄の時代であったと言ってよい。諸兄はその後、藤原仲麻呂と対立し、致仕に追い込まれたが、家持は諸兄の一派であったとするのが通説である。

『尊卑分脈』によれば、奈良麻呂は養老五年（七二一）の生まれ。当時十八歳であった。父の死後、奈良麻呂も仲麻呂に倒され、横死することになるが、この頃はまだ明るい未来を夢見ていたことであろう。

この歌群の左注によれば、宴は諸兄の「旧宅」で行われたとされる。今は使われなくなった父の邸宅を宴席の会場として、若い奈良麻呂は一家の主の気分を味わっていたのかも知れない。

直前に「右大臣橘家に宴する歌七首」（巻八・一五七四〜一五八〇）が収録されている。これは平城京の中の諸兄邸のことではなく、相楽別業と言われた別邸（現在の京都府綴喜郡井手町玉水に比定される）で行われた宴であったと見られる。「七首」には別邸周辺の景観が詠まれている。しかし、奈良麻呂たちの歌々に、平城京の外であることを窺わせる表現はない。「奈良山」がうたわれているのも、諸兄の「旧宅」が高級官僚の住まいが集まっていた佐保（平城京の左京。現在の奈良市法蓮町を中心とした一条通りの周辺）の一画にあったからであろう。具体的な場所は不明だが、平城京の中で行われた宴席であったと考えてよい。

題詞及び左注には「橘朝臣」とあるが、父の橘諸兄が宿禰から朝臣に改姓されたのは、天平勝宝二年（七五〇）正月のこと。この宴席の天平十年は「宿禰」でなければならない。『類聚古集』（『万葉集』の古写本の一つ）は「宿禰」として、『続日本紀』に合わせている（佐佐木信綱ほか編『校本萬葉集　五〔新増補版〕』岩波書店・一九七九）が、ここはやはり「朝臣」とする本文を是とすべきであろう。すなわち、この部分には天平勝宝二年以後の手が入っていると見なければならない。とは言え、現在でもその歌々は「宴の進行に即した順序に配列されている」（多田一臣『万葉集全解3』筑摩書房・二〇〇九）とする見方が通説である。

『万葉集』中には、奈良麻呂の歌がもう一首見られる。「橘宿禰奈良麻呂の詔に応へたる歌一首」という題

詞が付されているが、

奥山の　真木の葉凌ぎ／降る雪の　降りは益すとも　地に落ちめやも　（巻六・一〇一〇）

という歌である。これも宴席歌だが、「冬十一月、左大弁葛城王たちに姓橘氏を賜ひし時の御製歌一首」とされる聖武天皇の歌、

橘は　実さへ花さへ　その葉さへ／枝に霜降れど／いや常葉の木　（巻六・一〇〇九）

に応じたものである。父葛城王が臣籍に下り、橘諸兄と名乗るようになった祝宴の時の歌で、それは天平八年（七三六）のこと。奈良麻呂は、まだ十六歳の少年に過ぎなかった。父諸兄の作であろうとする憶測もある（伊藤博『萬葉集釋注三』集英社・一九九六）が、奈良麻呂本人がそれを即興で詠んだのだとすれば、なかなか早熟な少年だったことになろう。

ともあれ、そうした奈良麻呂によって、文雅を愛する若者たちが平城京の右大臣邸に集められた。この宴席自体は政治的な動きに関わるものではなかったと見るべきだが、家持は大納言であった父旅人を十四歳で亡くしていたこともあって、諸兄・奈良麻呂父子との親交は、大きな後ろ盾と感じられたことであろう。

3

家持の歌を含む「十一首」は、次のような歌群である。

1手折らずて　散りなば惜しと／我が念ひし　秋の黄葉《もみち》を　かざしつるかも　（巻八・一五八一）

2めづらしき　人に見せむと／もみち葉を　手折りそ我が来し／雨の降らくに　（巻八・一五八二）

右の二首、橘朝臣奈良麻呂

3もみち葉を　散らすしぐれに　濡れて来て／君が黄葉を　かざしつるかも　（巻八・一五八三）
右の一首、久米女王

4めづらしと　吾が念ふ君は／秋山の　初もみち葉に　似てこそありけれ　（巻八・一五八四）
右の一首、長忌寸娘

5奈良山の　峰のもみち葉　取れば散る／しぐれの雨し　間なく降るらし　（巻八・一五八五）
右の一首、内舎人県犬養宿禰吉男

6もみち葉を　散らまく惜しみ／手折り来て　今夜かざしつ／何をか念はむ　（巻八・一五八六）
右の一首、県犬養宿禰持男

7あしひきの　山のもみち葉／今夜もか　浮かび行くらむ／山川の瀬に　（巻八・一五八七）
右の一首、大伴宿禰書持

8奈良山を　にほはす黄葉／手折り来て　今夜かざしつ／散らば散るとも　（巻八・一五八八）
右の一首、三手代人名

9露霜に　あへる黄葉を　手折り来て／妹はかざしつ／後は散るとも　（巻八・一五八九）
右の一首、秦許遍麻呂

10十月《かむなづき》　しぐれにあへる　もみち葉の／吹かば散りなむ／風のまにまに　（巻八・一五九〇）
右の一首、大伴宿禰池主

11もみち葉の　過ぎまく惜しみ／思ふどち　遊ぶ今夜は　明けずもあらぬか　（巻八・一五九一）
右の一首、内舎人大伴宿禰家持

一首一首の説明に入る前に、この歌群を読み解く上で、重要な表現について確認しておくことにしよう。

まずは「黄葉」(原文通り)。「雨や露・霜によって草木の葉が黄や赤に変わること。またその葉。モミツの名詞形」(『時代別国語大辞典　上代編』三省堂・一九六七)とされる。『万葉集』では秋の景物の代表である。したがって、左注には「冬十月」とあるにもかかわらず、右は「秋雑歌」に分類されている。

この歌群では十一首すべてに「黄葉」が詠まれているが、それをモミチと訓む例とモミチバと訓まなければならない例がある。『万葉集』のモミチは、「黄色」「黄変」を含め、圧倒的に「黄」で表記される。仮名書きの例を除き、「紅葉」は一例、「赤葉」一例、「赤」二例に過ぎない。中国では、六朝時代(後漢の滅亡から隋の統一まで)以来ほとんど「黄葉」と表記されており、その通用字がそのまま日本に輸入されたものであって、「紅葉」は平安時代に『白氏文集』が伝来した後一般化したのだ(小島憲之「萬葉集の文字表現」『上代日本文學と中國文學』塙書房・一九六四)とする説が有力である。

近年、馬場南遺跡(京都府木津川市木津)から「黄葉」と墨書された土器が出土している。奈良時代中期から後期の遺構であると言う(京都府埋蔵文化財調査研究センター「馬場南遺跡出土遺物記者発表資料」二〇〇八)が、ここからは「阿支波支乃(あきはぎの)」と一字一音の形で書かれた歌木簡も出土している。『万葉集』に登場しない歌の場の存在が明らかにされつつあるのだが、「黄葉」という表記が、『万葉集』という一つの歌集に固有のものではなく、奈良時代にはある程度一般化していたということが窺える点で、非常に興味深い発見であった。もちろん、歌の席で「黄葉」を愛でることも、一般化していたのであろう。

次に、「手折る」ということ。額田王の春秋競憐歌(巻一・一六)にも、色づいた木の葉を手に取ることが見られるが、植物の枝などを「手折る」ことは決して無粋なことではなく、むしろ風流な行為と見做された。

この宴席でも、モミチを「手折る」ことを前提として、歌を詠むことが求められたのだ。したがって、「参会の客人も、もみじを手折りつつ来たらしい」（井手至『萬葉集全注　巻第八』塙書房・一九九三）と推測する注もある。確かに、三手代人名も「手折り来て」（8）とうたっているが、だとすれば、参会者には予め、この日の趣向が伝えられていたのかも知れない。とは言え、久米女王は「君が黄葉を　かざしつるかも」（3）とうたっている。全員がモミチを用意して来たわけではなかったのであろう。

もう一つは、モミチを「かざす」ことの意味。それは奈良麻呂の提案に基づくこの日の宴の趣向であった（1、2）。久米女王（3）、県犬養持男（6）、三手代人名（8）も、それをうたっている。

一般に「花や木の枝などを折りとって頭にさしたもの。玉をつけることもあった。はじめは、神を招き迎え、幸いを願う、呪的な意味を持っていたが、次第に単なる飾りとなったらしい」（『時代別国語大辞典　上代編』）、あるいは「季節の霊威を宿す植物の花や枝を髪に挿して飾りとすること。非日常の存在となるしるし。宴は祭りに起源をもつから、出席者は、神に等しい位置に立つ」（多田一臣『万葉集全解3』）などと説明されている。

『古事記』の倭建命の思国歌には、

命の　全《また》けむ人は
畳薦《たたみこも》　平群の山の
熊白檮《かし》が葉を　髻華《うづ》に挿せ　その子　（記三一）

と見え、「命」を十全ならしめるために「髻華に挿」すことは、「かざす」と同様の行為であったことが窺える。すなわち、「髻華」は「元来花や青葉を髪に挿して、そのマナを感染させる意味を持ち、儀礼的な歌舞には不可欠の呪物」（土橋寛『古代歌謡全注釈　古事記篇』角川書店・一九七二）であったと理解されている。

4

すでに述べたように、右の十一首は、披露された順に、時間を追って構成されていると考えてよい。家持の歌（11）は、奈良麻呂の歌をはじめとする十首（1～10）を受けて生まれたものである。したがって、それらとの関係性を十分に見据えないと、一首を正確に捉えることはできない。そこで、奈良麻呂の歌（1、2）から一首一首検討して行くことにしよう。

奈良麻呂の歌は、二首披露されている。それは「主客を迎える主人の立場からの挨拶歌」（多田一臣「宴の歌」『大伴家持』有精堂・一九九四）だが、一見、順番が逆のようにも見える。なぜならば、二首の歌は「かざしつるかも」（1）と「手折りそ我が来し」（2）という行為に集約されるが、それらは時間を遡る形で並んでいるからである。

二首目の歌（2）は、大切なお客様のあなたに見せようと、「もみち葉」をわざわざ手折って来たのです、雨が降っているのに、の意。「めづらしき人」は、本来は祭の場にやって来る神を誉める讃めことばで、直接的には久米女王を指すとする見方もある（多田一臣「宴の歌」『大伴家持』）。確かに、もっとも「めづらしき人」（類まれな人の意で、賓客を言う）は、唯一の皇族である久米女王に違いないが、この日の宴会の趣向を提示し、参会者全員に対して、どうぞ十分に楽しんで下さいと言っているのであろう。久米女王に限定する必要はあるまい。

また、雨に濡れることは忌むべきことであり、それほどまでして用意したモミチだというニュアンスを含む（近藤信義「〈宴〉の主題と歌」上代文学会編『家持を考える』笠間書院・一九八八）とする見方もある。ならば、「雨の降らくに」とは、現代人の感覚以上に、困難を克服して手に入れたモミチだというニュアンスが強いことになろう。

一方、一首目（1）は、手折らずに散ってしまったら惜しいと思った秋のモミチをかざしたことです、という歌。いきなり色づいたモミチを髪に挿す動作を見せてから、改めてこの日の趣向を説明したことになる。「どうです？」と、見せてから、怪訝な表情の客たちに、「実は、今日はこういう趣向です」と、種明かしした形である。客たちは「なるほど」と、表情が和らいだに違いない。そして、この歌の「散りなば惜し」が、この宴席の前半の気分を象徴する表現となる。

久米女王の歌（3）は、直ちにその「散りなば惜し」（1）を受けて、「もみち葉を散らす」としている。また、「雨の降らくに」（2）を「しぐれに　濡れて来て」とし、「秋の黄葉を　かざしつるかも」（1）を「君が黄葉を　かざしつるかも」に転換して、一首をなしている。女王は、手渡されたモミチの枝を実際にかざして見せたのであろうが、奈良麻呂の二首をきちんと踏まえた上で、客側の挨拶歌としている。

久米女王は奈良麻呂の愛人だったとする推測もある（小野寛「橘奈良麻呂宅結集宴歌十一首」伊藤博ほか編『万葉集を学ぶ　第五集』有斐閣・一九七八）が、根拠に乏しい。おもてなしを喜んで受けております、といった意味の客側のお礼の歌だと見るべきであろう。

それに対して、長忌寸娘はホスト役の奈良麻呂を褒めて、客側の挨拶歌としている（4）。奈良麻呂の「めづらしき人」（2）を「めづらしと　吾が念ふ君は」とそのまま返し、奈良麻呂を美しい「初もみち葉」に似ていると持ちあげている。奈良麻呂は「この時、まだ十七、八歳で、色づきはじめた「初もみち葉」に擬するにふさわしかった」（井手至『萬葉集全注　巻第八』）とする注もある。すでに述べたが、奈良麻呂はこの年十八歳。一方の長忌寸娘の年齢は不明だが、決して年配の女性ではあるまい。久米女王の侍女とする注もある（鴻巣盛廣『萬葉集全釋　第二冊』廣文堂書店・一九三二）が、定かではない。いずれにせよ、客側の長忌寸娘からすれば、奈良麻呂こそ「めづらしき人」（心ひかれる人というニュアンス）だということになる。

社交辞令にしても、この二人の女性の返礼の歌で、宴席は和やかな雰囲気に包まれたに違いあるまい。そしてこの四首で、歓迎と参上の挨拶は一段落ついたものと思われる。

続く県犬養吉男の歌（5）は、やや趣を異にしている。この奈良山の峰のもみち葉は、手に取るとすぐに散ってしまいます、山では今頃、時雨が絶え間なく降っているようです、の意。ラシは根拠ある推量を表すが、「しぐれの雨し　間なく降るらし」と判断した根拠が、初句から三句目まで。すなわち、すっかり乾燥した「もみち葉」を見て、秋の深まり（暦の上では冬）を実感し、ここで降る雨も、山では時雨になっているのですね、と判断しているのだ。

太陽暦で言えば、この日は十二月二日（岡田芳朗ほか編『日本暦日総覧　具注暦篇　古代中世1』本の友社・一九九三）。まさに時雨の降る季節だったが、モミチの季節が過ぎることを惜しんだ奈良麻呂の歌とは異なり、秋の深まりを肯定的にうたっている。しかし、季節にふさわしい趣向を提案した奈良麻呂に同意する趣であって、これも決して、宴の気分を損ねるものではあるまい。

家持と同様、吉男も内舎人だった。また『続日本紀』には、吉男はこの宴から二十年後の天平宝字二年（七五八）に、従五位下になっていることも見える。この時、吉男が二十代の若者だったことは確実である。

続いて、県犬養持男の歌（6）。「内舎人」とはされていないので、持男は任官前であって、一般に吉男の弟と推測されている。軍防令によれば、内舎人は二十一歳以上の者が採用されたので、持男はまだその年齢に達していなかったということであろう。

二句目の「散らまく惜しみ」が、奈良麻呂の一首目（1）を直接受けたものであることは明らかだが、同時に初句と第二句は、久米女王（3）の初句と第二句を意識したものであろう。「今夜かざしつ　何をか念はむ」に集約される一首である。奈良麻呂とともに「黄葉」をかざしたので、もう何の心残りもありません、といった気持ちである。吉男と同様、過ぎ行く秋を肯定的に受けとめつつ、もてなしに満足していることを示したお礼の歌にほかならない。

大伴書持の歌（7）は、県犬養吉男の歌（5）と同様、奈良麻呂の二首に直接的な形では応じていない。この宴席の場から目を転じ、「山河の瀬」の状態を思い浮かべた一首である。真っ暗な「山河の瀬」に「もみち葉」が「浮かび行く」様子は、実際には見えるはずもないが、イメージの世界としてはなかなか美しい。

この歌群の中では、手折らない「黄葉」をうたった唯一の例だが、それは「花草花樹」（花の咲く草木）を好んだ書持（巻十七・三九五七）らしい歌と言うべきか。モミチの美しい季節が「山河」の流れとともに過ぎ去って行く様子をうたっているが、もちろん、この日の趣向に異を唱えるものではない。そういう意味で、これもこの宴席にふさわしい一首であると見做すことができる。

奈良麻呂は、その日のモミチが「奈良山」のものであるとはうたっていない。しかし、続く三手代人名はそれを「奈良山を　にほはす黄葉　手折り来て」とうたっている（8）。「奈良山」という地名は、県犬養吉男の歌（5）にも見えるが、奈良麻呂の手折ったモミチが「奈良山」のものであったかどうかは、その歌からでは判断できない。モミチをどこから取って来たのか、歌が披露される合間の会話の中で出たのかも知れないが、この「手折り来て」を人名の動作だと見れば、奈良麻呂とともに人名も奈良山に行き、モミチを手折って来た、ということになろう。

いずれにせよ、「今夜かざしつ　散らば散るとも」は、奈良麻呂の趣向を受け入れ、十分に楽しんだという ことを表明した歌であって、客側のお礼の歌として適切なものだと見られる。「散る」ことを惜しんだ前半の歌々に対して、これ以後は、もう散ってもよいという気分になっている。十分にモミチを堪能したということであろう。

書持が「山河の瀬」に「浮かび行く」「もみち葉」の美しさをうたったことが、「散る」のを惜しむ歌から、散ってもよいとする歌への転換点となっている。あるいは、「散る」「黄葉」から「奈良山」の「時雨」に気づいた吉男の歌（5）を転換点と見るべきか。明確に区切ることは困難だが、宴席の気分が〈惜しむ〉ことから〈満足した〉状態へと転換したことは間違いあるまい。

こうした歌々に秦許遍麻呂の歌（9）が続いている。もちろん、全体の流れを意識し、散ってもよいとする歌だが、直接的には、人名の歌（8）の表現を受けたものだと見られる。すなわち、「奈良山を　にほはす黄葉」を「露霜に　逢へる黄葉を」と、まずは同じ「黄葉」を別の角度から詠んでいる。そして、三句目にまったく同じ句（これは持男の歌とも同じである）を置いた後、四句目は「今夜かざしつ」を「妹はかざしつ」と変え、結句の「散らば散るとも」は「後は散るとも」として、一首をなしているのだ。この歌もやはり、奈良麻呂のもてなしを十分に堪能し〈満足した〉ことを述べたお礼の歌だと考えてよい。

この「妹」が誰かということについては説が分かれているが、ここでは一応長忌寸娘と考えておきたい。「妹」は、当然恋人を意味する。宴席の中の女性を恋人に見立て、一緒にモミチをかざして見せたのであろう。宴席の開始から時間が経ち、だいぶ砕けた状態になって来ていたことが窺える。空想の世界に遊び、一幅の絵画のような歌をなした書持とは異なり、許遍麻呂の歌は現実の場に即して対話的である。それは宴席の場の空気を和める方向に持って行こうと意図したものであったように見える。秦氏は渡来系（本書「歌が詠めないなら麝香を献上しなさい」参照）であり、許遍麻呂の歌はほかに見えないが、その場にふさわしい歌が詠める程度には、作歌に習熟していたことが窺える。

その後さらに、大伴池主の歌（10）と大伴家持の歌（11）が披露されている。しかし、いずれもこの日の趣向を正面からうたったものではない。終宴に近い時点での歌、ということであろう。

池主の歌は、県犬養吉男の歌（5）や書持の歌（7）と同様、この宴席の趣向をうたったものではない。神無月の冷たい時雨にうたれた「もみち葉」は、もう風に吹かれるままに散ってしまうことだろう、という歌である。単に、秋の深まりをうたっているに過ぎない。宴席が進行し、モミチをかざす趣向も一段落ついた、ということであろうか。

この年、天平十年（七三八）の『駿河国正税帳』（竹内理三編『寧楽遺文　上』八木書店・一九四三）に、「春宮坊少属従七位下大伴宿禰池主」と見える。池主はこの時、すでに官人としてのキャリアがあったのだ。池主の系譜は不明だが、蔭子として従七位下からスタートしたのだとしても、若者の集まったこの宴席の中では、一人だけやや年上だったことになろう。

一方、家持の歌は、「もみち葉」の美しい季節が過ぎるのを惜しんで、気の合った者同士で文雅に興じている今夜は明けないでほしいものだ、というほどの意だが、この一首は宴席の参加者を「思ふどち」と位置づけたことに意味がある。それは、気の合った者同士、気心の知れた間柄のことで、宴席歌にはしばしば見

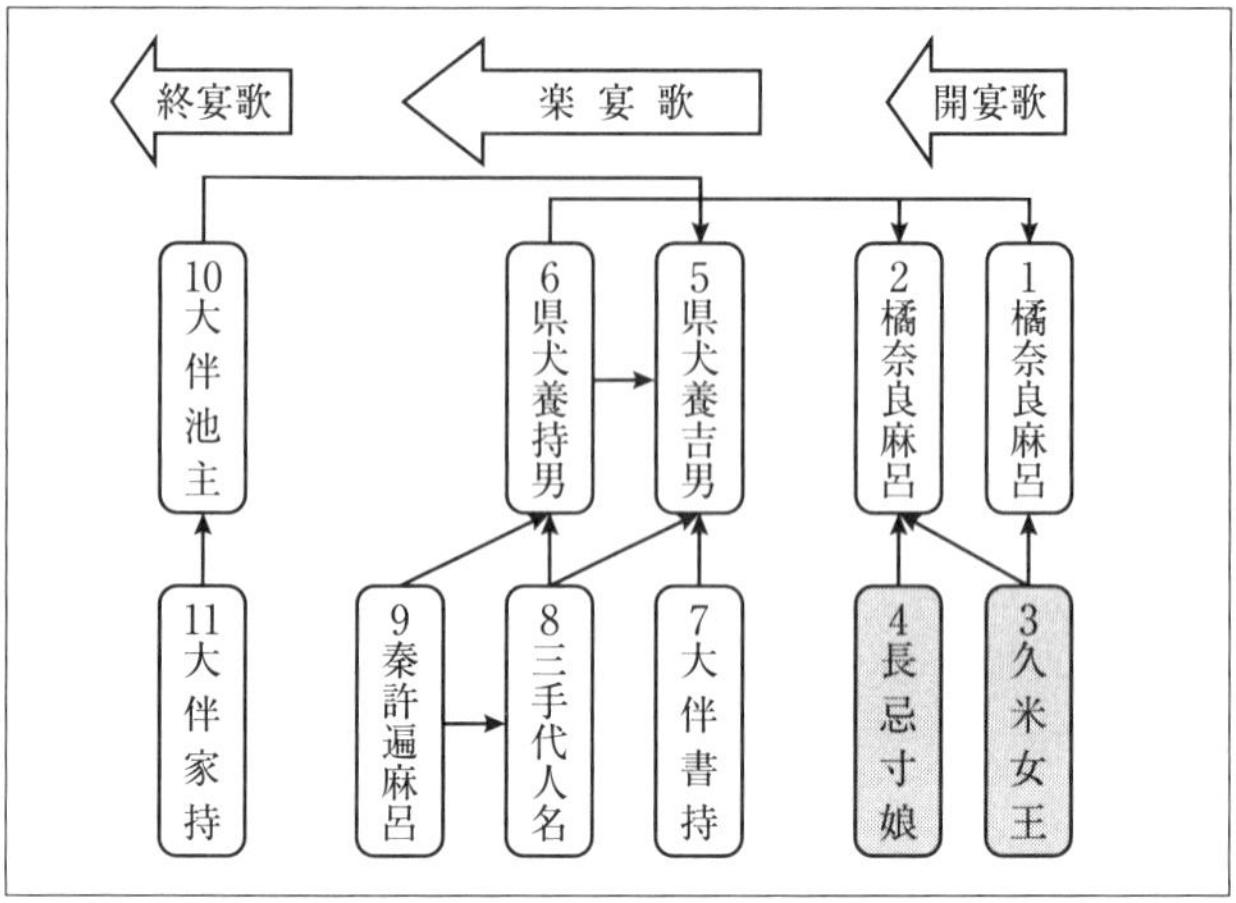

られる表現である。これこそが、この日の歌々が醸成した気分を端的に集約した語であったと言ってよい。「思ふどち」の宴だからこそ、いつまでもこの楽しい時間が続くことを願う、といった歌である。それは、お開きが近づいた段階で、参加者全員の「気持を代弁し、歌群全体を締め括った歌」（井手至『萬葉集全注　巻第八』）とする通説は、妥当なものであると言えよう。

このように、二十一歳の家持は、実に適切な形でこの宴席を締め括っている。一同は、和やかに満ち足りた気分で帰途についたのではないかと思われる。

以上のような宴席の流れを図にすると、上の図のように、全体を三つに分けることができる。「楽宴歌」という言い方はやや熟さないが、「開宴歌」と「終宴歌」に対して、宴酣となり、まさに宴を楽しんでいる時の歌という意味で、あえて使ってみた。

5

ところで、この宴席では、折り取って来たモミチが参会者全員に手渡されたと見られるが、それぞれの歌はどのように披露されたのか。先行する歌々の表現との緊密さからすれば、単に口頭で詠みあげただけではなく、書かれたものも示されたと考えた方がよい。

近年、各地の遺跡で歌木簡が相次いで出土しているが、この宴席でも、モミチの枝とともに木簡が用意され、参会者に配られたのではないかと思われる。出土した歌木簡はいずれも一字一音の仮名書きだが、この宴席の歌々が当初どのように表記されたのかは不明である。しかし、参会者はまずは書き、それを読みあげたということは間違いあるまい。そして、改めてそれぞれの木簡が回覧され、それらを見つつ、次々と歌が作られて行った状況が想像される。

十一首には表現の連鎖が顕著に見られるが、それはやはり、次々と披露されて行く歌を聞きつつ、そして読みつつ、個々の歌が作られて行ったことを示していよう。すなわち、ここに見られる表現の類同性は、マイナスに評価すべきものではない。同調と融和の証であって、宴席の気分をより円満にする効果を持っていたと見るべきであろう。だからこそ、「思ふどち」という表現を持つ締め括りの歌が生まれたのだと考えられる。類同的な表現の連鎖が、まさにそうした気分を醸成して行ったのであり、家持はその気分をしっかり受けとめて、一首をなしたのだと見ることができよう。

こうした歌群を記録したのは、いったい誰なのか。「黄葉」という表記が一貫しているばかりでなく、「かざし」も一貫して「挿頭」(1、3、6、8、9)とされている。「めづらし」は「希将見」(2、3)という、例外的な表記で一致している。また「奈良山」も、二例とも「平山」(5、8)である。こうした表記のありようは、最終的に誰かが一括して記録したことを示している。

その候補者としては、奈良麻呂か家持が有力である。池主も、その候補にあげていいのかも知れない。残念ながら、不明と言うしかないが、あえて言うならば、家持がもっともその蓋然性が高いと思われる。

6

このように、この宴席では、家持は言うに及ばず、一人一人がそれぞれに適切な歌を詠んでいたと見ることができる。なかなか典雅な社交の場となっているのだが、ここに集まった人たちが概ね、現代の学生たちと変わらぬ年齢であったということに驚かされる。主人の奈良麻呂にいたっては、今で言えば、高校生である。平城京の若者たちはずいぶんと大人だったように見えるが、いったい何が違ってしまったのだろうか。

空気の読めない人ね――大伴坂上郎女

大伴坂上郎女《おほとものさかのうへのいらつめ》の歌一首

出《い》でて去《い》なむ　時《とき》しはあらむを
ことさらに　妻恋《つまごひ》しつつ　立《た》ちて去《い》ぬべしや

（巻四・五八五）

1

右は『万葉集』巻四「相聞」に収録された一首。巻四には三〇〇首余りの恋歌が載せられているが、その大半は平城京の時代の作者の判明する歌々である。大伴家持の青春時代の恋歌の多くも、この巻に収録されている。

坂上郎女は、『万葉集』に登場する女性の中で、もっとも多くの歌を残しており、その中には宴席歌も多い。当該歌がいつ作られたのかは不明だが、巻四は概ね作歌年次に従って配列されている。その配列位置かからすれば、天平五年（七三三）頃ではないかと考えられる。その頃郎女は、三十代の半ば過ぎ。すでに寡婦となっていたとする説（橋本達雄「坂上郎女のこと一、二」『大伴家持作品研究』塙書房・一九八五）もある。坂上大嬢と二嬢と呼ばれる二人の娘の母親であった。大嬢はやがて、甥の大伴家持に嫁いでいるが、その二人が許嫁の間柄となった頃であろう。

2

「出でて去なむ」は、出て行こうとすること。「時しはあらむを」は「他にも適当な時があろうに」（小島憲之ほか『萬葉集①〈新編日本古典文学全集6〉』小学館・一九九四）の意。相手の思いがけない行動をいぶかしく思い、咎め立てている様子である。「ことさらに」は、「わざと。故意に」（上代語辞典編修委員会編『時代別国語大辞典上代編』三省堂・一九六七）の意。「妻恋」は、一般的には、「目の前にいない妻や夫を恋い慕うこと」（前田真理「つまごひ」青木周平ほか編『万葉ことば辞典』大和書房・二〇〇一）だが、この「妻恋しつつ」は「後ろ髪引かれるような思いをしながら」（小島憲之ほか『萬葉集①〈新編日本古典文学全集6〉』）の意であるとされる。「べしや」は、「～してよいものか、の意の反語だが、婉曲な禁止を示す」（『同』）。

家持に対する歌とはどこにも書かれていないが、「娘の婿に対して歌つているのであろう」（武田祐吉『増訂萬葉集全註釋 三』角川書店・一九五七）とする注釈書が多い。ごく最近の注でも、「出て行かれる時はいつだってあるでしょうに、わざわざ妻恋しい思いを抱きつつお帰りになることがあっていいものでしょうか」と口語訳し、さらに「笠女郎とのつきあいがはじまっていて、やっと訪ねて来たと思うと、早々に立ち去ろうとする家持に、強い不満を口にしたのがこの歌」（阿蘇瑞枝『萬葉集全歌講義二』笠間書院・二〇〇七）だと説明されている。

このように、従来の注釈書は、その伝記的考証を前提としつつ、そこから題詞に書かれていないことまで読み取ろうとする傾向があった。また、坂上郎女には弟の代作であることが明記された歌（巻四・五八六）があるので、この歌も娘のために作ったものだと見られて来たのである。

しかし、ここには代作であるとは記されていない。題詞を見れば明らかだが、『万葉集』はこの一首を坂上郎女自身の歌として位置づけているのだ。換言すれば、『万葉集』はこの歌を、伝記と切り離して、単なる「相聞」の一首として読ませようとしているのだと見なければならない。もちろん、その場合の「相聞」とは、消息を問い合う歌の意（山田孝雄「相聞考」『萬葉集考叢』宝文館・一九五五）であって、「相聞」イコール恋歌ではない。この歌の収録された巻四でも、宴席における恋情表現をも含めて、広い意味で使用されている。

そこで、伝記的な知見は一旦度外視し、この歌の表現を注意深く読み解いてみると、そこには宴席で活躍する坂上郎女の姿が見えて来るように思われる。

3

古代の宴席歌には、「立歌」と「引き留め歌」があった（土橋寛『古代歌謡の世界』塙書房・一九六八）とされる。「立歌」としてよく知られているのは、「罷宴歌」と題された山上憶良の歌で、

憶良らは　今は罷《まか》らむ／子泣くらむ／それその母も　吾を待つらむそ

（巻三・三三七）

という一首である。

私憶良めは、今失礼させていただこうと思います、私がいないと幼子が泣いております、またその母親も、私めのことを、首を長くして待っていることでしょう、と言うのだ。筑前守として九州在任中の歌で、その

時の憶良はとうに七十歳を超えていた。当時としては、まさに古来稀な老人である。しかし、そうした高齢の憶良だったからこそ、こういう言い訳をして宴席を中座しようとした時、一座に笑いが起こり、円満に中座できたのであろう。

一方、「引き留め歌」には、次のようなものがある。天平勝宝三年（七五一）正月、越中介内蔵伊美吉縄麻呂の館で宴が行なわれた時の歌である。この日は雪だったと見られるが、前日にも四尺もの雪が積もったと伝えられている。守の大伴家持は腰まで雪に埋もれ、難渋しつつ、この宴席にやって来たのだとうたっている（巻十九・四二三〇）。

うち羽振き　鶏は鳴くとも／かくばかり　降り敷く雪に　君いまさめやも　（巻十九・四二三三）

やや詳しい題詞によると、酒の席が酣になった時、夜も更けて、お開きを促すように鶏が鳴いた。そこで縄麻呂がこの歌を作ったのだと言う。鶏が勢いよく羽ばたいて鳴いたところで、これほど雪が降り敷いていては、どうしてお帰りになることができましょう、という歌である。

4

仮に、若い男が憶良の歌のような「立歌」をうたったのだとしたら、おそらく円満に退席するわけには行くまい。当然、冒頭の歌のような「引き留め歌」がうたいかけられたに違いない。間の悪い時に、しかも「妻恋」を理由に、中座しようとする野暮な男を揶揄する歌になる。また「立歌」が披露されていなかったとしても、これは宴席の場における「引き留め歌」であった可能性は高い。もちろん、この「妻恋」は一般的な意味でのそれである。

何も今出て行かなくてもいいんじゃないの、今はそんなタイミングじゃないでしょ、しかも、奥さんが恋しいなどと、わざとらしい言い訳をして、中座をしようなんて、あなたって本当に空気の読めない人ね、と言っているのだ。「時しはあらむを」の「し」は強め。「を」は逆接である。つまり、この二つの助詞で、最低のタイミングであるということを強調していることになろう。縄麻呂の歌と比べ、何と強烈な「引き留め歌」であろうか。

それにしても、こういう歌を詠みかけられた男は、いったいどんな顔をしたのだろうか。頭を掻いてすごすごと引っ込んだか、それでも臆面もなく中座をしたか。いずれにせよ、坂上郎女のきつい一発に、宴席に集うそのほかの男たちは改めて、これは腰を落ち着けて飲むしかない、と思ったに違いあるまい。

5

平城京の歌文化にとって、非常に大きな役割を果たしたものの一つに宴席がある。もちろん、一言で宴席と言っても、天皇臨席の堅苦しい肆宴から気のおけない仲間同士の飲み会まで、さまざまな形があった。また、「宴歌」などと明記されたものばかりでなく、当該歌のように宴席歌であることが記されていなかったものもある。しかし、天平期において歌は、宴席における社交の具として、ある程度市民権を得ていたように思われる。『万葉集』は、そうした社交の場における花形的存在としての坂上郎女の姿も伝えている。

御上も許した酒ですぞ――匿名

62

大伴坂上郎女《おほとものさかのうへのいらつめ》の歌一首

酒坏《さかづき》に　梅の花浮かべ
思ふどち　飲みての後《のち》は　散りぬともよし
（巻八・一六五六）

和《こた》ふる歌一首

官《つかさ》にも　許したまへり
今夜《こよひ》のみ　飲まむ酒かも
散りこすなゆめ
（巻八・一六五七）

右、酒は官に禁制して偁《い》はく、京中閭里《りより》、集宴すること得ざれ、但し、親親一二にして飲楽することは聴許《ゆる》す、といふ。これによりて和ふる人この発句を作れり。

1

左注に、禁酒令が公布されている中での宴席の歌だと記されているが、『続日本紀』には養老六年（七二二）七月、天平四年（七三二）七月、天平九年（七三七）五月、天平宝字二年（七五八）二月と、たびたび禁酒令の出されたことが見える。養老六年と天平四年は、日照りの害に関する対策の一つ。また、天平九年は疫病と災害に関する対策の一つで、肉食禁止と同時に出された全面的禁酒令である。そして、天平宝字二年は、前年の橘奈良麻呂の変を受けての集会の禁止。酒の席における政治批判が問題となった例だが、供祭・医療など以外の飲酒を禁じたものである。

この歌については、天平四年の禁酒令の時のものだとする説（後藤利雄「禁酒令と打酒歌一首」「国語と国文学」四五巻一二号・一九六八）がある。また、天平九年の時のものだとする説（青木生子ほか『萬葉集〈新潮日本古典集成〉』新潮社・一九七八）や、天平宝字二年だとする説（土屋文明『萬葉集私注』筑摩書房・一九七六）もあるが、いつ作られたものであるのかは不明。

『万葉集』中の坂上郎女の歌は、天平年間（七二九〜七四九）の作がほとんどで、養老六年前後の作は、藤原麻呂との贈答歌（巻四・五二二〜五二八）と「佐保川の」という旋頭歌（巻四・五二九）を除くと、ほとんど見られない。しかも、当該歌は坂上郎女が宴席を領導する立場であったようにも見え、若い時の作だとは考えにくい。

一方、『万葉集』の巻十六以前の巻に天平十七年（七四五）以後の歌はない、とするのが通説である。坂上郎女には「京師より来贈せる歌一首　并びに短歌」（巻十九・四二二〇〜四二二一）という天平宝字二年の作も見られるが、巻八の収録歌としては年代が下り過ぎる。したがって、『続紀』の記事から選ぶとすれば、天平四年か九年の禁酒令の時の作であったと考えるのが妥当である。

ところが、天平四年の禁酒令も九年のそれも、その左注の説明と一致しない。内容的に言えば、天平宝字二年の禁酒令と一致するように見える。それは、次のような詔である。

壬戌（二十日）、詔して曰はく、「時に随ひて制を立つるは、国を有《たも》つ通規にして、代を議りて権を行ふは、昔王の彝訓《いくん》なり。頃者《このごろは》、民間宴集して動《やや》もすれば違《たがひ》愆つこと有り。或は同悪相聚《あつ》りて、濫《みだり》に聖化を非《そし》り、或は酔乱して節無く、便ち闘争を致す。理に拠りて論ふに甚だ道理に乖《そむ》けり。今より已後《いご》、王公已下、供祭・療患を除く以外は、酒飲むこと得ざれ。その朋友・寮属、内外の親情、暇景《かけい》に至りて相追ひ訪ふべき者は、先づ官司に申して、然る後に集ふこと聴《ゆる》せ。如し犯すこと有らば、五位已上は一年の封録を停めむ。六位已下は見任を解かむ。已外は決杖八十。冀《ねが》はくは、将《もち》て風俗を淳《すなほ》にして、能く人の善を成し、礼を未識に習ひて、乱を未然に防かむことを」とのたまふ。

これは、表向き孝謙天皇の詔だが、橘奈良麻呂の変の後、政権を恣にしていた藤原仲麻呂の意志に基づくものであったとする説も有力である（岸俊男「専制独裁の施策」『藤原仲麻呂』吉川弘文館・一九六九、木本好信「大伴家持と平城京の政界」『万葉時代の人びとと政争』おうふう・二〇〇八）。蓋然性の高い推測であろう。

「彝」とは、宗廟に常に備えておく酒器の類のことで、酒瓶の意もある。そして「彝訓」で、守るべき常の教えのこと（諸橋轍次『大漢和辞典　巻四』大修館書店・一九五七）。すなわち、世の中の動きを見て適切に政策を立て、公権を行使するのが、「昔王」の教えであると言う。つまり、この詔を出すことが時宜に適った施策であると、自身の立場を正当化しているのだ。

それに続けて、宴で飲酒をすると、時に間違いを犯すこともあると言う。確かに近年も、飲酒で意識が朦朧としたまま記者会見し、直近の総選挙で落選した大臣がいたが、その前年の天平宝字元年六月には、左大臣橘諸兄が酒の場での放言によって、引退に追い込まれている。また、悪い輩が集まって御上の批判をしたり、泥酔して節度のない行動を取ったり、争い事が起きることもあると畳み掛け、だから飲酒を禁止すると布告しているのだ。

しかし、飲酒を完全に禁止すると、かえって憤懣が鬱積し、危険だと考えたのであろう。「朋友・寮属、内外の親情」が「暇景」(休日)に訪れた時は、事前に「官司」に届け出さえすれば許可する、としている。違反すると重い罰則はあるものの、条件付きで宴席での飲酒を認めたのである。

これは、左注の「酒は官に禁制して偁はく、京中閭里、集宴すること得ざれ、但し、親親一二にして飲楽することは聴許す、といふ」という記述とほぼ一致する。時期は合わないが、『続日本紀』には記録の漏れが多い。当面の歌は天平年間(七二九〜七四九)の前半に、こうした趣旨の禁酒令が出された時のものであったと見るべきであろう。小島憲之ほか『萬葉集②〈新編日本古典文学全集7〉』(小学館・一九九五)、佐竹昭広ほか『萬葉集二〈新日本古典文学大系3〉』(岩波書店・二〇〇〇)、稲岡耕二『萬葉集(二)〈和歌文学大系2〉』(明治書院・二〇〇二)、阿蘇瑞枝『萬葉集全歌講義四』(笠間書院・二〇〇八)、多田一臣『万葉集全解3』(筑摩書房・二〇〇九)など、近年の注釈書には『続紀』に見えない禁酒令を想定するものが多い。

2

坂上郎女の兄大伴旅人は、神亀五年(七二八)、赴任先の大宰府で妻を亡くしているが、坂上郎女はその直後、大宰府に下っている。古来、旅人の一人息子家持の養育のためであったとする見方（久米常民「万葉女流歌人大伴坂上郎女の文学」「愛知県立大学文学部論集」一七号・一九六六）が有力だが、その理由は不明。しかし、『万葉集』の作品から見る限り、大宰府から帰京した天平三年（七三一）以後、坂上郎女は一族の中で重きをなすようになったことが窺える。天平三年七月には、旅人も薨じているが、その頃から郎女は、大豪族大伴氏の台所を任されたのであろう。当面の歌は、そのような立場にある坂上郎女の歌であったと見ることができる。

この歌の収録されている巻八は、ほぼ作歌年次に従って配列されている。この歌の後には、天平元年（七二九）に立后した光明皇后の歌（巻八・一六五八）や、家持の青春時代に登場する紀女郎の歌（巻八・一六六一）などもある。具体的に絞り込むことはできないが、そうした巻八の配列から見て、天平五年（七三三）から十年頃までの作と考えておくことにしたい。また、「冬相聞」に収録されてはいるものの、「梅の花」がうたわれているので、実際の季節は早春だと言ってもよい。

周知のように、ウメは外来の植物である。海外からの玄関口であった大宰府で、帥（大宰府の長官）の邸宅にウメが植えられていたことは、『万葉集』に収録されている梅花宴の歌々（巻五・八一五〜八四六）によって知られるが、平城宮内にもウメが植えられていたことが確認されている。平城宮跡の東側に「東院庭園」と呼ばれる遺跡があり、きれいに復元されて、公開されているが、そこから植物遺体として、ウメの種も見つかっているのだ（「平城宮　東院庭園」奈良国立文化財研究所・一九九九）。また、『万葉集』には「我が屋前」の「梅」をうたう例も多い。平城京の貴族たちも、その邸宅の庭にこぞってウメを植えたことが窺える。

坂上郎女の歌の中にも、

風交じり　雪は降るとも／実にならぬ　我家《わぎへ》の梅を　花に散らすな　（巻八・一四四五）

とうたわれており、郎女の生活していた坂上家（現在の奈良市百万ヶ辻子町付近とする説がある）に、ウメが植えられていたことが知られる。したがってこの席は、そのウメを愛でる宴であったとも考えられよう。「酒杯に梅の花」を「浮かべ」る趣向は、天平二年（七三〇）正月、大伴旅人が「主人」となって、大宰帥の邸宅で行なわれた梅花宴にも見られる。

春柳　縵《かづら》に折りし　梅の花／誰か浮かべし／酒杯の上に　（壱岐目村氏彼方　巻五・八四〇）

という歌である。

また「思ふどち」は、思う同士の意。一同に親愛の気分を醸成する表現である。すなわち、左注にあるように、気のおけない「親々一二」で、ということである。その用例から見ると、これも、

梅の花　今盛りなり／思ふどち　かざしにしてな／今盛りなり　（筑後守葛井大夫　巻五・八二〇）

という梅花宴の歌に始まり、当該歌を経て、

もみち葉の　過ぎまく惜しみ／思ふどち　遊ぶ今夜は　明けずもあらぬか　（大伴家持　巻八・一五九一）

と、家持に受け継がれて行く。天平十年（七三八）十月、右大臣橘諸兄の邸宅で行なわれた「黄葉」を愛でる宴で作られた歌である。それは家持・書持兄弟をも含む、当時の若者たちの集宴であった（本書「今宵は歓を尽くしましょう」参照）。

「飲みての後は　散りぬしもよし」という表現も、梅花宴で、

青柳　梅との花を　折りかざし／飲みての後は　散りぬともよし　（笠沙彌　巻五・八二一）

とうたわれており、当該歌の後、やはり家持たちの世代に受け継がれている。これも右と同じく、天平十年の「黄葉」を愛でる宴で披露されたものだが、

露霜に　あへる黄葉を　手折り来て／妹はかざしつ／後は散るとも　（秦許遍麻呂　巻八・一五八九）

という歌である。

すでに多くの注釈書に指摘されているように、坂上郎女が梅花宴の歌々を意識してこの歌を作ったということは、確かであろう。また、家持たちの歌々が、その系譜に連なることも明らかであろう。家持は、父旅人が少年のうちに薨じていることもあって、叔母の坂上郎女の薫陶によって歌作の道に入ったとされるが、この歌を見ると、坂上郎女は作歌の系譜の上で、旅人と家持の間を繋ぐ役割をも果たした、ということを窺うことができる。

3

「和歌」とは、『万葉集』では「和ふる歌」の意。坂上郎女の「酒杯に」の歌に和した歌だということである。左注によれば、「官にも　許したまへり」という句は、「和ふる人」が作ったのだと言う。逆に言えば、三句目以下は「和ふる人」が作ったものではない、ということにもなろう。だとすれば、坂上郎女が三句目以下を作り、自ら「和ふる歌」をなしたということも考えられないではない（久米常民「万葉女流歌人大伴坂上郎女の文学」先掲）。しかし結句は、坂上郎女の歌とはまったく逆の意志の表明であって、「散りこすなゆめ」とされている。「よし」という許可に対して、「ゆめ」は禁止である。それはやはり、別人の作だと考えた方がよかろう。

それにしても、「官にも　許したまへり」は、歌の表現と言うよりも、むしろ普通の会話であるように見える。したがって私は、宴席の参加者の誰かが発した言葉をそっくりそのままいただいて、歌の表現にしてしまったのではないかと想像している。つまり、「和ふる歌」が誰の歌であったにせよ、「官にも　許したまへり」は、宴席の会話の中から偶然生まれた表現だったと見るのである。

坂上郎女の歌の「飲みての後は　散りぬともよし」の「は」は、他と区別して、それを強く提示する助詞である。つまり、酒を飲んだ「後は」ともかく、飲んでいない「今は」、まだ散ってもらっては困る、という意味である。これが事実であったとすれば、坂上郎女がこの歌を披露した時、一同はまだ酒を飲んでいなかった、ということになろう。

坂上郎女の歌が披露された後、その宴席に酒の用意ができた。それは、旅人が「酒を讃むる歌」（巻三・三三八〜三五〇）にうたった「濁れる酒」か。あるいは、白いウメの花を浮かべた時に映える白酒（布で濾した酒）か。いずれにせよ、その席に集った者の中に「このご時勢、それはまずいでしょう」と、飲むことを躊躇する男がいた。天平宝字二年の禁酒令の場合で言えば、無届の飲酒が発覚すると、五位以上の貴族でも、一年間「封録」が停止されるからである。そこで坂上郎女が「大丈夫ですよ、ちゃんと御上に届けてありますから」と言うと、「官にも許したまへり」と相槌を打つ人もいて、その男に酒を勧めたのではないかと思われる。

あるいは、こういう場面も想像される。きれいにウメが咲いている季節に、ある人が坂上郎女の邸宅を訪れた。用事が済んだので帰ろうとしたところ、せっかくだからと、酒を勧められた。しかも、坂上郎女は「酒杯に」の歌も披露したのだ。私たちが飲まないと、ウメも安心して散ることができませんよ、という意を含む酒を勧める歌である。

客は予期していなかったので、「それはまずいでしょう」と躊躇したが、坂上郎女はその客が酒好きなことを知っていて、予め酒を用意し、御上にも届けておいたのだ。「大丈夫、あなたが来られると言うので、ちゃんと御上にも届け出ておきましたから」と言う坂上郎女の横で、「官にも許したまへり」と、その背中を押す男もいた。そうやって、二人がかりで酒を勧めたのではないかと考えられる。因みに、このように客などのために予め用意した酒を「待ち酒」（巻四・五五五）と言う。

ともあれ、さまざまな場面が想像できる一首だが、いずれにせよ、宴席はこの歌が披露されてからが本番だった、と見て間違いあるまい。酒が入り、気の利いた歌も披露されて、大いに盛り上がったことであろう。「今夜のみ　飲まむ酒かも」の「かも」は反語。すなわち、飲むのは「今夜」だけでなく、明日の晩も、という意味になる。これは、口実さえあれば毎日でも飲もうという、呑ん兵衛の口吻である。

また、「散りこす」の「こす」は、「動詞の連用形に接して、～してくれと、相手に希望する意をあらわす」（上代語辞典編修委員会編『時代別国語大辞典　上代編』三省堂・一九六七）。すなわち、決して散ってくれるな、の意。そう言うのは、梅が散ってしまうと、飲む口実がなくなってしまうからにほかなるまい。

してみると、誰の言葉かは不明だが、「官にも許したまへり」という言葉は、呑ん兵衛にとって格好の大義名分となるものであった、ということになろう。結果として、今夜は歓を尽くそう、という意の一首が生まれたのである。「散りぬともよし」という坂上郎女の歌とはやはり、別の人物の作であったと見た方がよい。

4

坂上郎女の近親者の中の呑ん兵衛とは、いったい誰だったのか。「飲みての後は　散りぬともよし」という歌は、坂上郎女自身も酒を嗜んだかのような一首だが、「酒を讃むる歌」をなし、繰り返し「酔ひ泣き」（巻三・三四一、三四七、三五〇）することを礼賛し、「酒壺」になることを願った（巻三・三四三）旅人の周辺である。その人材には、事欠かなかったのかも知れない。

しかし、あえてその名を明らかにはしていない、ということをこそ重視すべきであろう。「これによりて和ふる人この発句を作れり」という左注は、間違いなく当事者の言である。この宴席の出席者には、「和ふる人」が誰であったのか、わかっていたはずである。坂上郎女の作品には、これと同様の詳しい左注が多く見られるが、その中で固有名詞を出すことも、決して珍しいことではない。にもかかわらず、ここではその名を記していないのだ。その点からすれば、あえて固有名詞を出さなかった、ということであろう。

臆測すれば、確かに近親者による宴席ではあったが、たまたま「和する人」が届け出たメンバーではなかったとか、もともとその人が許可される「親親一二」に該当しない人物であったとか、やや差し障りのある事情があったのではないかと思われる。

しかし、別の理由も考えられる。『続日本紀』の天平宝字五年（七六一）三月条に、「酒肆」で殺人事件のあったことが見える。酒を飲みながら賭博をした挙句に、喧嘩をして、相手を刺し殺してしまったのだ。その犯人葦原王を、「王」の名を剥奪した上で、遠流（死罪の次に重い刑罰）に処したという記事である。その中で、葦原王は「天性凶悪にして、喜びて酒肆に遊ぶ」とされている。つまり、この男は普段から素行が悪く、常に悪所である「酒肆」に入り浸っていた、ということであろう。

新嘗祭・正月の拝賀などを典型とする天皇主催の宴席で、酒が下賜されることは、『続日本紀』にもしばしば見られる。また、天平宝字二年の禁酒令でも、供祭や医療を目的とした飲酒は許可されていた。貴族の間では、交友の具としての宴席での酒の効用も認められていたように思われる。しかし、その一方で、飲酒の結果としてさまざまなトラブルが生ずることは、現代でもよくあることだ。「天性凶悪にして」に続く「喜びて酒肆に遊ぶ」は、葦原王の素行の悪さの代表的な事例として挙げられたものである。したがって、日常的な飲酒は、決して好ましい行為だとは見られていなかったのであろう。私とは違って、酒は晴れの日にだけ飲むもの、という常識があったことを窺わせる。

とすれば、「官にも許したまへり」と言って、毎日でも飲もうという歌を披露したりする行為も、歌としての良し悪しは別として、あまり褒められたことではなかったのだと考えられる。したがって、匿名にしたのは、その人に悪評が立たないようにという配慮だったことになろう。

坂上家で、もてなす側として客に酒を勧めた男。そして、歌を作ることにも堪能だった男とは、いったい誰なのか。坂上郎女の下の娘二嬢に求婚した大伴駿河麻呂を想定する向きもある（小野寺静子「大伴一族の中の坂上郎女」『大伴坂上郎女』翰林書房・一九九三）が、存外、それは家持ではなかったか。

家持には、親しい友人たちと「酒壺」を携えて高円の野に出掛けた時の歌（巻二十・四二九七）もあるが、その遊楽の発案者は家持だったと見られている（伊藤博『萬葉集釋注十』集英社・一九九九）。父親譲りで、結構いける口だったのかも知れない。だとすれば、匿名にしたのは、若い家持の将来を考えての叔母坂上郎女の配慮だった、ということになる。また、『万葉集』の編纂時には、家持自身もそれを匿名のままにしておいたのだと考えられる。

とは言え、御上もお目こぼしをした宴席である。これ以上、とやかく詮索するのは止めにしておくことにしよう。

たわけたことをするでないぞ――藤原仲麻呂

いざ子ども　狂業《たはわざ》なせそ
天地《あめつち》の　固《かた》めし国《くに》そ
大和島根《やまとしまね》は

右の一首は、内相《ないしやう》藤原朝臣《ふぢはらのあそみ》奏《まを》せり

（巻二十・四四八七）

1

近年、歌木簡の出土が相継いでいる。とりわけ、馬場南遺跡（京都府木津川市木津）や宮町遺跡（滋賀県甲賀市紫香楽町宮町）などの歌木簡は、『万葉集』に登場しない場所からの出土だけに、貴重である。それらを「万葉歌木簡」と呼ぶ向きもある（栄原永遠男『万葉歌木簡を追う』和泉書院・二〇一一）が、それらは直接『万葉集』と関わらないからこそ、『万葉集』を相対化し、奈良時代の歌文化の広範さを知る史料として、貴重なのだ。単に「歌木簡」と呼ぶべきであろう。

かつて、『万葉集』から見える歌の歴史を「古代和歌史」と捉えた研究（伊藤博『萬葉集の歌人と作品 上・下』塙書房・一九七五）が、大きな影響力を持った時代があった。しかし、当然のことながら、上代の歌文化は『万葉集』から見える世界がすべてではない。そうした当然のことを、改めて教えてくれたのが、それらの歌木簡の発見であった。

また、平城京とその周辺の歌文化は、古来この列島に住み続けて来た人たちだけが担っていたわけでもなかった。『万葉集』を見れば、百済系を中心として、渡来系氏族の人たちもその一翼を担っていたことが知られる（拙稿「東アジアの中の『万葉集』」『万葉集と新羅』翰林書房・二〇〇九）。『万葉集』に見られる彼らの歌は概して少ないが、作歌に習熟していたことの窺える人が多い。彼らは大伴家の人的ネットワークとは別の場で、繰り返し作歌の経験を積んでいたことが想像される（本書「歌を召されるとは思いませんでした」参照）。

そういう面においても、歌文化の広がりは決して、『万葉集』から知られる世界だけではなかったと見なければならない。平城京とその周辺では、記録に残らなかった宴席等が数多く催され、それが歌文化の基層となっていたということが、近年の歌木簡の発見からも見えて来たのである。

そこで、『万葉集』中の藤原氏の人々に注目してみると、歌という文化とは概して疎遠な氏族であったように見える。たとえば、『続日本紀』に名を残す「藤原朝臣」は約一五〇人であるのに対して、『万葉集』に登場するのは、そのうちの一四人に過ぎない。一方、『続紀』の「大伴宿禰」は五九人だが、『万葉集』には二五人も登場する。しかもそこには、大伴坂上郎女・坂上大嬢・田村大嬢といった女性たちや、大伴清縄・利上のような宿禰の姓を持たない人たちは含まれていない。また歌数で言っても、大伴氏の約七五〇首に対して、藤原氏は三〇首足らずでしかない。『万葉集』に関する講座や事典類の「作家篇」などに、藤原氏の人物があまり取り上げられないのも、決してゆえなしとしない。

とは言え、すでに述べたように、『万葉集』から見える風景が、古代の歌文化のすべてだったということではあるまい。藤原氏の場合も、右の数字が正確な実態を反映したものなのかどうか、きちんと検証してみる必要があろう。

冒頭に掲げたのは藤原仲麻呂の宴席歌だが、ここでは、大伴家持が活躍した時代に、藤原氏の頂点に立っていた仲麻呂の宴席歌を具に観察することを通して、藤原氏と歌文化との関わりを考えてみることを目的とする。それによって、平城京とその周辺における歌文化の広がりを、垣間見ることができるのではないかと考えている。

2

『万葉集』には仲麻呂の歌が二首載せられているが、次のような宴席の中の歌が、そのうちの一首である。

　大納言藤原家にして入唐使たちに餞せし宴の日の歌一首
　　即ち主人の卿作れり

天雲の　去《ゆ》き還りなむ　もの故に／念《おも》ひそ吾がする／別れ悲しみ　（巻十九・四二四二）

　　民部少輔多治比真人土作の歌一首

住吉《すみのえ》に　斎《いつ》くはふりが　神言《かむこと》と／行くさも来さも　船は早けむ　（巻十九・四二四三）

　　大使藤原朝臣清河の歌一首

あらたまの　年の緒長く／吾が念《も》へる　児《こ》らに恋ふべき　月近づきぬ　（巻十九・四二四四）

右は、同族の清河が入唐大使として渡唐するにあたり、仲麻呂邸における餞の宴で披露された歌々である。題詞には作歌年月の記載がないが、日誌的な巻十九の配列からすれば、天平勝宝三年（七五一）四月十七日以後、同年七月十六日以前ということになる。その直前に春日神を祭った日の歌々（巻十九・四二四〇〜四二四一）も載せられているので、四月十八日以後とした方が、より正確かも知れない。ともあれ、ここで「主人の卿」とされているのが仲麻呂である。

仲麻呂の同母兄豊成の可能性もある、とする注も見られる（小島憲之ほか『萬葉集④〈新編日本古典文学全集9〉』小学館・一九九六）が、この時豊成は右大臣で、大納言は仲麻呂。これはやはり、仲麻呂を指すと見てよい。時に四十六歳。従二位大納言であった。

この宴席には、大使の清河のほか、民部少輔の多治比真人土作が出席し、歌をなしている。したがって、藤原一族だけの集まりでないことが四二四三の歌によって知られる。題詞に「入唐使等」とあり、使人たちや他の関係者も多数招かれた、かなり大々的な餞宴であったことが窺える。

とする指摘がある（伊藤博『萬葉集釋注十』集英社・一九九九）。確かに土作は、一族の者ではない。また、民部少輔は直接遣唐使に関わりのあるポストでもないが、多治比氏には、遣唐使をも含め、外交的なポストに就いた人が多い。この餞の宴の中には、渡唐経験者もいた可能性があろう。

この時は、副使として大伴古麻呂も渡唐しているが、それは仲麻呂に期待されての選任であったとする説もある（鐘江宏之「大伴古麻呂と藤原仲麻呂」「学習院大学文学部研究年報」五一号・二〇〇五）。いずれにせよ、『万葉集』に当該歌群が収録されている点からすれば、古麻呂を激励するために、家持あるいは家持に近い大伴氏の誰かも、この宴席に出席していたのであろう。確かに、ここには藤原氏の人たちばかりでなく、遣唐使に関わるさまざまな人が出席していたことが窺われる。
仲麻呂の歌の「天雲の　去き還りなむ」とは、雲がやすやすと天空を移動するように、遣唐使船が安全に唐との間を往復することを示している。周知のように、『続日本紀』にもしばしば、遣唐使船が遭難・漂流したことが伝えられており、実際にはきわめて危険性の高い航海であったことが知られている。しかし、餞の歌だったからこそ、立前としてその安全性を言挙げしているのであろう。
たとえば、孝謙天皇は同じく入唐使の清河らに対して、次のような長歌を下賜している。

そらみつ　大和の国は
水の上は　地《つち》行くごとく
船の上は　床にをるごと
大神の　斎《いは》へる国そ
四つの船　船の舳《へ》並べ
平《たひら》けく　早渡り来て
返り言　奏《まを》さむ日に
相飲まむ酒《き》そ
この豊御酒《とよみき》は
（巻十九・四二六四）

という一首だが、傍線部が航海の安全性を言挙げした部分で、それが長歌の大半を占めている。また、この歌の原文は、助詞・助動詞などを小さく書く宣命書きになっている（佐佐木信綱ほか編『校本萬葉集九〔新増補版〕』岩波書店・一九八〇）ばかりでなく、その「反歌」（四二六五）では、一人称のワが「朕」と表記されている。「返

り言　奏さむ日に」と臣下の立場に基づく表現もある。それらは天皇自身の作ではなく、官僚の作文であったことを示していよう。すなわち、入唐使に対しては、航海の安全をうたうことこそが、もっとも重要だったのである。

また、自ら渡唐し、その危険性を身をもって経験していた山上憶良も、次のようにうたっている。天平五年（七三三）の遣唐大使多治比広成に贈った餞の歌だが、航海の安全は神々によって保証されており、自明のことだと言う。

海原の　辺にも沖にも
神留《かむづ》まり　うしはきいます
諸《もろもろ》の　大御神《おほみかみ》たち
船の舳《へ》に　導《うしは》きまをし
天地の　大御神たち
大和の　大国御霊《みたま》
ひさかたの　天のみ空ゆ
天かけり　見渡したまひ
事終わり　帰らむ日には
また更に　大御神たち
船の舳に　御手うち掛けて
墨縄を　延《は》へたるごとく

あぢをかし　値嘉《ちか》の岬《さき》より
大伴の　御津の浜辺に
直《ただ》泊てに　御船は泊てむ
（巻五・八九四）

六三句から成る長歌の後半のみを引用したが、このように言葉を尽くして航海の安全を言挙げするのが、遣唐使歌の基本である。仲麻呂の歌は短歌なので、こうした伝統的な詞句をそのまま使用したわけではないが、遣唐使歌では何をうたうべきかということを、きちんと弁えたものであったことは明らかであろう。

一方、逆接の「故に」以後の四句目と結句では、悲別の情を吐露している。すなわち、たとえどんなに安全性が高くても、私は皆さんと別れることが辛いのだ、という気持ちを示したことになる。そうした四句目以降は、あたかも恋歌のように見えるが、とりわけ「念ひそ吾がする」は、恋歌の常套的表現である。したがって、「情愛溢れた作といえよう」（青木生子『萬葉集全注　巻第十九』有斐閣・一九九七）とする評もある。このように、一首は情理を尽くして別れを惜しんだ歌だと見ることができる。それは遣唐使一行に対する惜別の歌として、実に適切なものであったと考えられる。

こうした仲麻呂の歌は、一般的な惜別の宴席歌としても、ごく常識的なうたいぶりだと言ってよい。尊大で傲岸なもう一首（巻二十・四四八七）と比べると、まさに別人の歌のような趣である。そこで、出発間際の天平勝宝四年（七五二）閏三月に、仲麻呂の第六子の刷雄が留学生として入唐することが見えるので、刷雄に対する悲別の情が示されたものではないかとする意見が多い。たとえば「やはり愛児刷雄との離別を悲しむ父仲麻呂の真情がよく表現されている」（岸俊男「刷雄の入唐」『藤原仲麻呂』吉川弘文館・一九六九）、「仲麻呂の第六子刷雄も、留学生として入唐した。わが子への惜別の思いもあろう」（多田一臣『万葉集全解７』筑摩書房・二〇一〇)、「わが子との別れを惜しんでいるようにも感じられる」(木本好信「光明・仲麻呂体制」『藤原仲麻呂』ミネルヴァ書房・二〇一一)とする見方である。

しかし、『続日本紀』によれば、この時の大使と副使は天平勝宝二年(七五〇)九月に任命されてはいるものの、一度に全員が任命されたわけではなかった。五月雨式に任命されているのだが、刷雄が留学生として遣唐使の一員であったことが知られるのは、あくまでも勝宝四年閏三月のことである。この宴席が催された勝宝三年に、刷雄がすでに遣唐使の一員に任命されていたのかどうかは、確認することができない。その点で、そうした見方には疑問が残る。

そもそも、「主人の卿作れり」とする注も見られるように、仲麻呂はこの宴席の「主人」であった。『万葉集』中の「主人」の用例は、梅花の宴(巻五・八一五~八四六)の大伴旅人などを典型に、例外なく宴席の会場となった邸宅の主である。当然のことながら、彼らは宴を円滑に進行させる役割を果たすべく、客人たちに対してさまざまな気配りを見せる。餞の言葉を贈るべき「入唐使たち」(題詞)をはじめ、多くの客人たちを前にして、「主人」が私情だけをうたうことは、決して望ましい姿ではあるまい。それはやはり、公的な宴席で披露されたものであって、あくまでも社交の歌として捉えなければなるまい。それを個人的な抒情詩として読んでしまうと、事の本質を見誤る恐れがあろう。したがって、それは特定の人物に対する思いではなく、「入唐使たち」全員に対して惜別の情を示した社交的言辞であった、と見た方がよい。

続いて、民部少輔の多治比真人土作が歌を披露している。その歌の「住吉」の「はふり」は、航海と外征の神とされる住吉大社の神職のことだが、遣唐使を派遣する際、住吉の神に祝詞を言上したことは、『延喜式』(巻八・神祇)にも見える。国家の神に対する祭祀をうたったものだと考えてよい。

また、「行くさも来さも　船は早けむ」という表現は、遣外使に関わる歌としては類型的なもの（巻九・一七八四）であって、遣渤海使に贈られた歌（巻二十・四五一四）などにも見られる。これは言霊の発動を期待する典型的な儀礼歌にほかならない。『続紀』によれば、土作はこの時、従五位下。従四位下の清河とは身分の差があることもあって、畏まった型通りの儀礼歌を披露するしかなかったのであろう。

さらに、この宴席では清河自身の歌も披露されている。「児らに恋ふべき　月近づきぬ」と、いよいよ出発の日が近づいて来たことがうたわれているが、「児ら」とはいったい誰を指すのか。近年の注釈書等を見ても、それは妻を指すと見るのが通説である。しかし、そうした中に、三句目以下を「宴席にいる入唐使たちの気持ちを代弁していった表現」（伊藤博『萬葉集釋注十』）だとする見方もある。すなわち、清河自身の妻に限らず、渡唐しなければならない使人たちすべての妻を指す、ということである。

確かに、開かれた宴席の歌としては、個人的な思いを述べた歌と見るよりも、「入唐使たち」全員の心情をうたったものだと見た方が穏当であろう。少なくとも、この歌で示された悲別の情は、誰の心にも響くものであったと考えられる。清河は、仲麻呂の歌の「念ひそ吾がする　別れ悲しみ」を受けて、「児らに恋ふべき　月近づきぬ」とうたったのであろう。

ところで、『万葉集』には当面の宴席歌群の直前に、次のような歌々が収録されている。

　春日に神を祭る日、藤原太后の作れる御歌一首
　即ち入唐大使藤原朝臣清河に賜へり　参議従四位下遣唐使

大船に　真梶《まかぢ》しじ貫き／この吾子《あこ》を　韓国《からくに》へ遣る／いはへ神たち　（巻十九・四二四〇）

　大使藤原朝臣清河の歌一首

春日野に　いつく三諸《みもろ》の　梅の花／栄えてあり待て／還り来るまで　（巻十九・四二四一）

「藤原太后」は光明皇后だが、言うまでもなく、藤原不比等の子である。この日、入唐使たちの安全を春日の神に祈願したのだが、春日の神は藤原氏の氏神である。これを「国家の祭祀」（多田一臣『万葉集全解7』）と見る向きもあるが、この歌は「入唐使たちに餞」（巻十九・四二四二題）したものではない。「春日に神を祭る日」に「藤原朝臣清河に賜へり」とされている点を見逃すわけには行かない。祭祀の場の歌ではなく、その日、清河その人に贈られた歌なのだ。しかも、自分よりも年が若く、甥にあたる清河に対して、「この吾子」と親しく呼びかけてもいる。国家の神である「住吉」の「はふり」による神事をうたった当面の宴席とは、性格の異なる場であったと見た方がよい。

ともあれ、仲麻呂は多くの人が集った公的な宴席で、実に適切な歌を披露している。誰かに命じ、事前に作らせておいたものを披露した可能性もないわけではない。しかし、仮にそうだったとしても、こうした宴席ではこのような歌を披露すべきだということを、仲麻呂がきちんと弁えていたということには違いがない。仲麻呂は、社交の場における歌の効用を十分に理解し、それを積極的に利用していたということであろう。

3

仲麻呂のもう一首が、冒頭に掲げた歌である。右の宴席から六年後、内裏における肆宴で孝謙天皇に献上された一首である。

天平宝字元年十一月十八日に、内裏にして肆宴《しえん》したまふ歌二首

天地を　照らす日月の／極みなく　あるべきものを／何をか思はむ　（巻二十・四四八六）

右の一首は、皇太子の御歌

いざ子ども　狂業なせそ／天地の　固めし国そ／大和島根は

右の一首は、内相藤原朝臣奏せり　（巻二十・四四八七）

この「内相藤原朝臣」が仲麻呂だが、右の歌は概して評判が悪い。「初二句は、人を人とも思わない性格があらわれていて、それだけに品位に缺けている」（武田祐吉『増訂 萬葉集全註釋十二』角川書店・一九五六）とか、「乱（橘奈良麻呂の変――梶川注）を未然に鎮圧した仲麻呂の勢威が厳然と示され」（岸俊男「専制独裁の施策」『藤原仲麻呂』）ている、などと評される。また、「ここは政敵を葬り他氏を圧し、恐るべきものがなくなった仲麻呂の示威的な語気が認められる」（小島憲之ほか『萬葉集④〈新編日本古典文学全集9〉』）、「橘奈良麻呂の変を鎮圧し、政治権力を掌中にして、他を圧倒するような自信と威圧に満ちたものであるように感じられる」（木本好信「仲麻呂政権の成立」『藤原仲麻呂』）などと見るのが一般的である。「いざ子ども　狂業なせそ」という物言いに顕著だが、確かにこの歌は、権力を掌握した仲麻呂の自信に満ちた姿を反映しているように見える。恫喝にも似た一首であると言ってよい。

その一方で、「彼の権力が権道の上に立つたことは、後の没落によつても知られるのであるが、宴の歌にも、かうした勢を張らなければならなかつたものと見える。彼の心の中の不安がさながら暴露して居る如き歌である」（土屋文明『萬葉集私注九〔新訂版〕』筑摩書房・一九七七）とか、「実権を握った仲麻呂の尊大かつ横柄なうたいぶりが目立つが、それはまた、背後に潜む不安の現れでもあったのだろう」（多田一臣『万葉集全解7』）といった形で、ここに心中の不安を見る向きもある。

また、「群臣の妄動を戒めた歌。（中略）白鳳回帰を標榜する家持にとって皇室の盤石を基底に詠まれた、かような歌はそれはそれで貴重であったはず。皇太子の天皇讃歌に応じてのそれなりの作である」(伊藤博『萬葉集釋注十』)と、この歌を「それなり」に評価する向きもある。しかし、この歌が「白鳳回帰」に繋がる歌とは、とても思えない。「はたしてこれが歌かといわれると、にわかに論議が湧きそうである。(中略)スローガンのようになってしまって、「歌」とはなっていない」(中西進「官僚機構との戦い」『聖武天皇　巨大な夢を生きる』PHP新書・一九九八)とする評の方が適切であるように思われる。

このように、右の歌に対する従来の評価は、概ね否定的である。おそらく、その場の空気は凍りついたものと見られるが、恫喝まがいとは言え、肆宴の場において、短歌の形で自らの政治的立場を表明した点は、評価してよいのではないかと思われる。もちろん、一般的な意味で「いい歌かどうか」ということではあり得ない。普通の話し言葉で通告してもよい事柄を、あえて五七五七七という形にして見せたという事実を、一度立ち止まって考えてみる必要がある、という意味にほかならない。

さて、その歌の初句の「いざ子ども」は、宴席歌の常套的表現である。「親しみをこめて広く人々に呼びかけるのに用いる」(上代語辞典編修委員会編『時代別国語大辞典　上代編』三省堂・一九六七)のが普通だが、これは例外的であって、「親愛の情に出たのではなく、凄みを利かせた語調が感じられる」(木下正俊『萬葉集全注　巻第二十』有斐閣・一九八八)とされる。続く「狂業」は「狂気のしわざ。ばかげた振舞」(『時代別国語大辞典　上代編』)の意。「この年、七月に政変があって作者仲麻呂を除こうと策略した者はことごとく失脚した。ここに言うタハワザもその愚劣な行為という意味で用いたものである」(『時代別国語大辞典　上代編』)とする見方が一般的である。

「天地の固めし国」については、「記紀に見える天地修理固成神話によっていう」(小島憲之ほか『萬葉集④〈新編日本古典文学全集9〉』）とする注がある。一方、「記紀（中略）の創成神話を踏まえたかの如くして、実は政敵を倒し、現体制の頂点に立った仲麻呂の思い上がりを如実に物語る」（木下正俊『萬葉集全注　巻第二十』）とする見方もある。

しかし、『日本書紀』に「修理固成」の神話はない。第一の一書は「汝往きて脩すべし」と天神に命じられ、第二の一書では二神が「吾国を得まく欲し」と、天瓊矛を「差し垂し」たとしている。「天地」は天神地祇の意（澤瀉久孝『萬葉集注釋　巻第二十』中央公論社・一九六八）とされるが、そうだとすれば、この点も『古事記』の神話とは異なっている。「記紀」と一括りにしてしまう点をも含め、適切な理解ではあるまい。

伊邪那岐と伊邪那美は「高天の原に成れる神」（『古事記』上巻）だから、天つ神にほかならない。そして、その岐美二神に対して天つ神が「修め理り固め成せ」と命じてはいるものの、地祇に命じたわけではない。さらに言えば、『古事記』における「修理固成」の対象は「大和島根」でもない。「是の多陀用弊流国」であって、それは「海月なす漂へる国」を受けたものである（本居宣長『古事記伝』四之巻）。すなわち、いずれの点から見ても、記紀とは別系統の神話だと考えなければならない。あるいは、何らかのテキストに基づく神話ではなく、仲麻呂個人の神話的イメージの問題と考えた方が適当かも知れない。

「大和島根」は、「もと大和の国を、海上から望み見ていい、意義が展開して、ここでは日本の国の義に使つている」（武田祐吉『増訂　萬葉集全註釋十二』）とされる。しかし、これ以外の二例は難波津（現在の大阪市にあった港）と角鹿津（福井県敦賀市の港）から船出をした時の歌（巻三・三〇三、三六八）だが、そこでうたわれた「大和島根」は決して、「日本の国の義」ではあるまい。むしろ、『古事記』（上巻）の言う「大八島国」の一つとしての「大倭豊秋津島」に相当すると見た方が適当であろう。

畿内から西海道（九州）に行く場合、難波津から船に乗るが、南海道を行く時にも、紀伊国（加太）で紀淡海峡を渡る。また東海道も、八世紀の官道は海を渡らない（新田剛「伊勢国」古代交通研究会編『日本古代道路事典』八木書店・二〇〇四、北條献示「尾張国」『日本古代道路事典』）が、伊勢湾を船で渡った方が近い。そして北陸道も、角鹿津から船に乗る場合がある（巻三・三六六題）。すなわち、畿内とその周辺は東西南北海に囲まれていた、ということになる。それが「大倭豊秋津島」であろう。少ない用例からの判断でしかないが、「大和島根」とはそうした「大倭豊秋津島」に相当する地域だったと考えられる。

また『万葉集』では、畿内の外はすべて「夷」であり、王化の及んでいない世界とされた（中西進「夷」『万葉集の比較文学的研究』桜楓社・一九六三）。唐風の文化に心酔した仲麻呂の意識としては、蕃夷の世界は「大和島根」に含まれない、と考えてよいのかも知れない。いずれにせよ、それは天神地祇によって固められた世界の意である。

こうした確認の上で、一首を口語訳的に説明するとすれば、皆の者よ、愚かしい行為は決してするでないぞ、天神地祇によって秩序の定められた世界である、天皇の徳化の及んだこの大和島根は、というほどの意となろう。政権のトップに立つ仲麻呂にこう言われてしまえば、一同は黙るしかあるまい。この後に続く歌がないのも、当然のことであろう。

こうした仲麻呂の歌の前に、歌を披露したのは「皇太子」の大炊王で、後の淳仁天皇であった。周知のように、仲麻呂によって擁立された皇太子で、翌二年（七五八）八月に即位している。その歌の「何をか思はむ」は反語的な言いまわしだが、体制に対する満足感を表明したものである。すなわち、「臣民すべてを代表した形で、奈良麻呂一派のような不平を抱いてはなるまいぞ、と言ったもの」（小島憲之ほか『萬葉集④〈新編日本古典文学全集9〉』)。「われとわが身を励ますごとき歌である」(中西進「官僚機構との戦い」『聖武天皇　巨大な夢を生きる』)ともされる。仲麻呂の歌を見ればわかるように、仲麻呂という強力な後ろ盾を意識した強気の発言のようにも見える。

仲麻呂の歌は、そうした皇太子の歌を受けたものだが、権力を手中にした自らの立場を、わざわざ歌にして見せたことにこそ意味があろう。たとえば、一同に対してこれを普通の言葉で伝えたとしたら、あまりにもあからさまな力の誇示になってしまうに違いあるまい。まさに恫喝である。しかし、皇太子の歌が単に「御歌」とあるのに対して、仲麻呂の歌には「奏せり」とされている。この点も見過ごすわけには行かない。つまり、皇太子の歌は、肆宴に出席した一同に対して体制の安泰を表明したものだったが、仲麻呂は天皇に対して、臣下の軽挙はこうして私めが押さえますので、この国の体制が揺らぐことはありません、と表明したことになる。臣下の者たちがこれに逆らうわけには行くまい。

このように、仲麻呂は自分の力を誇示したのだが、それによって肆宴の席をぶち壊しにしないため、あえて歌の形にしたのだと見るべきであろう。しかし、単に五七五七七の形に言葉を連ねただけではなかった。臣下の者たちに対しては、力で抑えつけるような言葉を投げかけつつ、その一方で、天皇に対しては、体制の安泰を言上している。換言すれば、極めて危険な発言を歌の形にすることによって、厳然たる君臣の秩序を明確にしたのである。してみると、仲麻呂は宴の潤滑油としての歌の効用を知っており、それを十分に利用したのだと考えられる。

律令体制下の宴席歌の多くは、純粋な抒情詩ではあるまい。言うまでもなく、宴席は社交の場だが、それは明確な身分秩序に基づく世界であった（本書「『万葉集』の宴席を考える——梅花の宴を通して——」参照）。もちろん、肆宴も社交の場の一つだと言ってよい。そこで重視されるのは、君臣の秩序にほかなるまい。したがって、仲麻呂の宴席歌が、現代的な意味で「いい歌」かどうかは、どうでもよい。歌人たちの評価とは別の物差しで考えてみなければならない。

その物差しとは、まずは身分秩序を弁えたものであったか否か、という点である。また、その場の空気を適切に捉え、宴の潤滑油としての歌の機能を十分に果たせているかどうか、という基準でも考えなければならない。そう考えた場合、仲麻呂の二首は、その条件をそれなりに満たしているように見える。「いざ子ども」という恫喝的な歌でさえ、歌の形で天皇に言上したものだったからこそ、一応その場は丸く収まったのであろう。仲麻呂には公的な宴の歌しか見えないので、積極的に作歌に励んだというわけではなかったものと見られる。とは言え、仲麻呂は決して、歌という文化と無縁に生きて来たわけでもなかった、ということが窺える。

こうして、仲麻呂の歌を検討しただけで結論的に述べるのは、早計との誹りを受けるに違いあるまい。しかし、仲麻呂があえて自分の邸宅を宴席の場としたことをも含め、藤原氏の人々も社交の道具としての歌という文化と、決して無縁に生きて来たわけではなかった、ということが見えて来る。そもそも『万葉集』に一四人も登場すること自体、特別なことである。大伴氏を除くと、その人数を上回る氏族は存在しない。その点からしても、一族の中に歌という文化がそれなりに浸透していたことを窺わせる。

今後も、さまざまな面から検討を加えて行かなければならないが、平城京の歌文化は『万葉集』から見える風景よりもかなり豊穣であった、ということにほかなるまい。

90　梅の花が散らないうちに来て下さい——石上宅嗣

言繁《ことしげ》み　あひ問《と》はなくに
梅《うめ》の花《はな》　雪《ゆき》に萎《しを》れて　うつろはむかも
右の一首、主人《しゅじん》石上《いそのかみ》朝臣《あそみ》宅嗣《やかつぐ》
（巻十九・四二八二）

1

平成二十一（二〇〇九）年十二月四日の新聞各紙に、石上宅嗣に関わる木簡の発見が報じられた。奈良市の西大寺旧境内から出土した千二百点にも及ぶ木簡の中の一つである。たとえば、その日の日本経済新聞の社会面には、「奈良時代の官僚　石上宅嗣」という横見出しと「官職名・位階記した木簡」という縦見出しに、写真入りで伝えられている。それによると、長さ約三〇センチの木簡には「参議従三位式部卿常陸守中衛中将造東内長官石上朝臣」と記されていたとされる。また官職名の脇には、重要度に従って、一、二、三、四と、番号が振ってあったが、それは高官の肩書を間違えないようにとの、役人の手控えであろうと解説されている。

ここには「石上朝臣」としか書かれていないが、「参議従三位式部卿常陸守中衛中将」は、『続日本紀』に伝えられる宅嗣の経歴とぴったり一致する。また、千二百点の中には「神護景雲二年三月五日」と記された木簡もある（奈良市埋蔵文化財センター「〔平成二十一年度発掘調査 速報展示解説〕西大寺旧境内から出土した木簡」）。景雲二年（七六八）は、宅嗣が従三位に昇った年で、年代的にも宅嗣だと認められる。宅嗣には「七言、三月三日於西大寺侍宴応詔。一首」（『経国集』巻十）という漢詩があり、西大寺（奈良市西大寺芝町）との関係も窺える。「石上朝臣」が宅嗣であることは、どの点から考えても間違いないものと考えてよい。宅嗣は『万葉集』にも登場し、文人としてよく知られた人物である。当然、実在の人物だったはずだが、改めてその生の痕跡が平城京の一画から出現したことが、私には非常に感慨深く思われた。

冒頭に掲げた歌は、『万葉集』中に唯一見られる宅嗣の歌だが、この発見を機に、宅嗣と『万葉集』との関係について、少し考えてみたいと思う。

2

宅嗣は、極官が正三位と高いこともあって、『続日本紀』などにも授位・任官などに関するさまざまな記事が見られる。その官途を概ね確認することができるのだが、とりわけ天応元年（七八一）六月条に見えるその薨伝は、重要であろう。やや長いので、部分ごとに分けて考えてみることにしたい。

大納言正三位兼式部卿石上大朝臣宅嗣薨しぬ。詔して、正二位を贈りたまふ。宅嗣は、左大臣従一位麻呂の孫、中納言従三位弟麻呂の子なり。性朗悟にして姿儀有り。経史を愛尚し、渉覧する所多し。属文を好み、草隷《さうれい》を工にす。

この第一段は、新聞記事で言えば、宅嗣の死亡記事のリードのようなもの。死亡したという事実と死後の贈位があったことを伝え、家系と簡単な人となりが紹介されている。聡明な人物で、儒学や歴史書に通じ、文章を書くことを好み、書にも巧みであったと言う。

続いて第二段では、略歴が述べられる。

勝宝三年、従五位下を授けられ、治部少輔に任せらる。稍《やや》く文部大輔に遷りて内外に歴居す。景雲二年、参議従三位に至る。宝亀の初、出でて大宰帥《そち》と為る。居ること幾《いくばく》も無くして式部卿に遷り、中納言を拝す。姓を物部朝臣と賜はる。その情に願ふを以てなり。尋《つ》ぎて皇太子傅を兼ぬ。改めて姓を石上大朝臣と賜はる。十一年、大納言に転《うつ》り、俄《にはか》に正三位を加へらる。

まず、天平勝宝三年（七五一）従五位下を授けられたとされるが、後述するように、最後の部分に天応元年（七八一）に五十三歳で没したとあるので、宅嗣は天平元年（七二九）の生まれであり、勝宝三年は二十三歳だったということがわかる。祖父は従一位、父が従三位だから、蔭位（父祖のお蔭で位をいただくこと）の制によって、若くして特権的な地位を得たことになる。そして、さまざまなポストを歴任した後、神護景雲二年（七六八）には従三位。上級貴族の仲間入りを果たし、さらに正三位まで昇っている。

大宰帥となったことも伝えられているが、それは藤原仲麻呂の暗殺計画に加担したことを密告され、捕縛されたことによる左遷であった（岸俊男「道鏡との対決」『藤原仲麻呂』吉川弘文館・一九六九）とする説がある。また『続日本紀』（天平宝字六年三月条）には、遣唐使に任命されながら、出発前に罷免されたことも見える。実際には、必ずしも平坦な人生ではなかったようだが、薨伝は順調な官途であったということを示している。

そして第三段で、文人としての側面が紹介される。

宅嗣、辞容閑雅《ことばかたち》にして時に名有り。風景山水に値《あ》ふ毎に、時に筆を援りてこれを題す。宝字より後、宅嗣と淡海真人三船とを文人の首《かしら》とす。著せる詩賦数十首、世に多く伝誦す。

「辞容閑雅」とは、名文家であるということ。宝字は天平宝字（七五七〜七六五）という四字の元号。すなわち、宅嗣二十九歳からということになるが、以後、淡海三船とともに文壇をリードしたのだと言う。『万葉集』は天平宝字三年（七五九）正月の歌で終わっているので、万葉の終焉と交代するように、三船と宅嗣の活躍があったことになる。そして、たくさん作られた「詩賦」は、世の人によく知られているとも伝えている。

一般に『万葉集』の編者とされる大伴家持は、養老二年（七一八）の生まれと見られている。家持の方が十歳以上年上だが、同時代の文人である。しかし、宅嗣の歌は『万葉集』に一首しかなく、家持と直接的な交流があったことを確認することができない。また、『懐風藻』という漢詩集の編者とされる三船は、額田王の孫葛野王の孫にあたるが、『万葉集』には登場しない。こうした事実は、いったい何を意味するのか。単に、詩と歌というジャンルの違いだけなのか。それは、きちんと考えてみなければならない問題である。

第四段には、特筆すべき事項として、「芸亭」のことが記される。

その旧宅を捨てて阿閦寺《あしゅくじ》とす。寺の内の一隅に、特に外典の院を置き、名けて芸亭《うんてい》と曰ふ。如し好学の徒有りて就きて閲せむと欲《おも》ふ者には恣《ほしきまにま》に聴《ゆる》せり。仍《より》て条式を記して後に貽《のこ》せり。その略に曰はく、「内外の両門、本一体と為り。漸と極とは異なるに似たれども、善く誘けば殊ならず。僕、家を捨てて寺とし、心を帰すること久し。内典を助けむが為に外書を加へ置く。地は是れ伽藍なり。事須らく禁戒すべし。庶《ねが》はくは、同じき志を以て入る者は、空有に滞ること無くして兼ねて物我を忘れ、異代に来たらむ者は、塵労《ぢんらう》を超え出でて覚地に帰せむことを」といふ。その院、今も見に存《あ》り。

これによれば、自身の旧宅を「阿閦寺」という寺院として、その一画に、儒教関係の書物を集め、そこを「芸亭」と名付けて、好学の徒が来れば、誰にでも閲覧を許したと言う。これが日本最初の公開図書館だと言われるが、私学的な性格を持っていたとする説（桃裕行「上代における私学」『上代学制の研究』目黒書店・一九四七、蔵中進「石上宅嗣の生涯と文学」『唐大和上東征伝の研究』桜楓社・一九七六）も有力である。平城京左京二条二坊にあったとされ、現在の奈良市法華寺町にある奈良市立一条高校に面した道路脇に、奈良県図書館協会によって、「芸亭伝承地」とする看板が立てられている。

その「条式」には、仏教と儒教は一体のものだとする前提で、仏典の理解を助けるために、儒教関係の書物を集めたのだとされている。さらには、我に執着することを忘れ、俗塵に心を労することも超越し、悟りを得ようと促している。宅嗣は単に書物を集めただけではなく、深遠な真理を探究しようとしていたのである。「条式」とは規則のことだが、これは規則と言うより、心構えのようなものであろう。宅嗣は「梵行」という法名を名乗ったとも伝えられている（「芸亭居士伝」『延暦僧録』）。儒教を学んだのはあくまでも、仏典の理解を深めるため（桃裕行「上代における私学」先掲）であり、西大寺との関係が窺えるのも、諾なるかなと思われる。

第五段が結びである。

臨終に遺教して薄葬せしむ。薨しぬる時、年五十三。時の人これを悼む。

つまり、葬儀を簡略なものにという臨終の遺言に従って、「薄葬」にしたが、世の人にたいへん惜しまれたとしている。

この薨伝によれば、宅嗣の特筆すべき業績は、やはり「芸亭」のことだということであろう。全体を通して、宅嗣は学問好きで、仏教に帰依することの篤い好人物であったことが窺える。とは言え、「宝字より後、宅嗣と淡海真人三船とを文人の首とす」という評価はおそらく、『万葉集』に載る歌人たちの活躍を視野に入れたものではあるまい。『万葉集』にとってその意味は、非常に重いものだと見なければならない。

3

宅嗣の薨伝の中に、歌に堪能だったという記述はない。むしろ、漢文学と儒・仏の経典に深い関心を持ち、それに堪能だったと見るべきであろうが、そうした宅嗣の唯一知られる歌が冒頭に掲げた一首である。「五年正月四日に、治部少輔石上朝臣宅嗣の家に宴せる歌三首」と題されているが、「五年」とは天平勝宝五年（七五三）。宅嗣が二十五歳の時で、その左注には「右の一首、主人石上朝臣宅嗣」とされている。この宴で歌を残しているのは、中務大輔（天皇の国事行為などに関する事務にあたる役所の次官）の茨田王と、大膳大夫（朝廷での会食の調理を担当する役所の長官）の道祖王。宅嗣がこの二人を自宅に招き、庭の梅を愛でつつ、宴を催したのである。

茨田王と道祖王の年齢は不詳。しかし、茨田王は天平十一年（七三九）に無位から従五位下になっている。当時、王は二十一歳以上になると官位が与えられる慣例があったが、その通りならば、宅嗣より十歳以上年長となる。また道祖王も、天平九年に無位から従四位下となっているので、さらに年長だったと考えられる。道祖王は天武天皇の孫で、この三年後には、聖武太上天皇の遺詔によって皇太子となっている。その翌年には、孝謙天皇によって廃太子とされてしまったものの、この時点では、聖武の覚えめでたい有力な王の一人だったのであろう。そうした王たちを相手に、若い宅嗣が堂々とホスト役を務めていたことになる。

宅嗣の歌は、人の噂が絶えないので、お互いに足を運ばないうちに、梅の花が雪に萎れて、散ってしまうかもしれません、という意。「梅」はその席に飾ってあったものだとする見方もある（窪田空穂『萬葉集評釋第十一巻（新訂版）』東京堂出版・一九八五）が、この年の正月四日は、現代の暦で言えば一月二十四日（岡田芳朗ほか編『日本暦日総覧　具注暦篇　古代中世2』本の友社・一九九三）。確かに、庭の梅が咲き始めるにはやや早い（大後美保『季節の事典』東京堂・一九六一）。とは言え、平城京では多くの貴族の邸宅の庭に梅が植えられていたことが知られる（本書「御上も許した酒ですぞ」参照）。「雪に萎れて」とは、庭の梅の木が雪化粧した後、日が高くなるに連れて、再び小さな蕾をつけた状態に戻ったことを言うか。

その「梅」は「妹」の喩とされる（窪田空穂『萬葉集評釋　第十一巻（新訂版）』）。また「言繁み」も、通常は恋の障碍としてうたわれるものなので、恋歌仕立ての一首であると見てよい。「用事に紛れて、招待が遅れたことを謝する主人の挨拶歌」（青木生子『萬葉集全注　巻第十九』有斐閣・一九九七）であろうが、堅い雰囲気にならないようにと、恋歌風にしたのであろう。

すでに述べたように、『万葉集』中の宅嗣の歌はこの一首しか存在しない。しかし、なかなか手慣れた一首に見える。甍伝には、歌をよくしたとは見えないが、そもそも『続日本紀』はあまり歌を伝えない。右の歌を見ると、甍伝の「属文を好み、草隷を工にす」ということの中に、歌を作ってそれを書きとめることも含まれていたのではないかと思えるほどである。

それに応えた茨田王の歌は、

梅の花　咲けるが中に　含《ふふ》めるは／恋ひや隠《こも》れる／雪を待つとか　（巻十九・四二八三）

という歌である。「含める」は蕾の状態のこと。この「雪」は男の喩（窪田空穂『萬葉集評釋　第十一巻〔新訂版〕』）で、梅の花がすっかり咲いている中で、蕾のままの花があるのは、恋をうちに秘めているのか、それとも雪（男）を待っているのか、の意。つまり、宅嗣を「含める」「梅」に見立てて、なかなか招待してくれなかったことを「恋や隠れる」と冷やかしつつ、「雪」（客人）の方から訪れるのを待っていたのですか、と問いかけているのであろう。これも手慣れた歌に見える。

それに続いて道祖王は、

新しき　年の始めに／思ふどち　い群れて居れば　嬉しくもあるか

（巻十九・四二八四）

と詠んでいる。「新しき　年の始めに」は正月の賀歌の常套句。また「思ふどち」は、気の合った者同士の意。これは社交の歌の常套句である。めでたい新しい年の初めに、こうして気の合った者同士が集まっていれば、それだけで嬉しいじゃないか、という一首である。まあまあ、そう責めずに、と取り成す歌であろう。

もっとも年長で、身分的にも最上位であった者の余裕と言うべきか。あるいは、皇太子になった時、孝謙女帝から、男色に耽り、機密を漏洩し、深夜に帰宅するなど、素行が悪いなどと非難され、廃太子とされたが、それでも「臣、人となり拙く愚にして重きを承くるに堪へず」（『続日本紀』天平宝字元年四月条）と、責任感のない発言をして憚らなかった道祖王らしく、まあいいじゃないの、といった適当さと見るべきか。

一方、宅嗣は後に称徳天皇（孝謙天皇が再び即位）の信任を得ていると言う（遠山美都男『天平の三姉妹』中公新書・二〇一〇）。確かに、称徳朝の宅嗣は、トントン拍子に昇進している。結果的に、道祖王とは政治的立場を異にしたようだが、この時の宅嗣は、道祖王の歌で、肩の力が抜けたのではないかと思われる。

このように、「宝字より後、宅嗣と淡海真人三船とを文人の首とす」と言われた宅嗣だが、二十五歳の若さにして、社交の場で、歌の方も卒なくこなしていたことがわかる。道祖王のキャラに救われた部分もあろうが、『万葉集』中の宴席歌の中で、それは決して見劣りのするものではあるまい。

それにしても、なぜこの三首が『万葉集』に残されているのか。その点は不明である。家持がこの宴に参加して記録したのであろうと推定する向きもある（蔵中進「石上宅嗣の生涯と文学」『唐大和上東征伝の研究』桜楓社・一九七六）。しかし、この宴席に参加した人たちは三人とも、『万葉集』中にこの宴席以外の歌がない。奇しくも、唐僧鑑真はこの年に来日しているが、それ以後の宅嗣は、その弟子仲間の漢文学サークルの一員だったとされる（蔵中進「石上宅嗣の生涯と文学」『唐大和上東征伝の研究』）。もともと歌の集いにはあまり足を向けなかった、と見た方がよいのではないか。

後に家持は、宅嗣とともに、藤原宿奈麻呂を首謀者とする仲麻呂暗殺計画に誘われたことがあった。しかし、それは武門の代表的氏族として、大伴・石上両氏の力が必要だっただけのことであって、歌にのめり込む家持と、漢文学の宅嗣の個人的な交流を伝えるものではあるまい。たとえ家持が右の宴席に参加していたのだとしても、その頃の家持は、この三人と頻繁に交流していたわけではなかったと考えた方がよかろう。

にもかかわらず、三者三様にその宴席にふさわしい歌が詠めたのは、天平期の平城京では、宴席で歌を詠むということがある程度根付いており、彼らはそれなりに経験を積んでいたからではないか。後に、いわゆる漢風謳歌時代（国風暗黒時代とも言う）が訪れるが、天平宝字年間が歌の時代から漢文学の時代への転換点であった（蔵中進「石上宅嗣の生涯と文学」『唐大和上東征伝の研究』）とも見られている。天平元年（七二九）生まれの宅嗣は、歌の時代の中で育ったということであろう。

『万葉集』は大伴家を中心とした歌集である。しかし、近年の考古学は、歌という文化が、大伴家とその周辺以外にも浸透していたことを明らかにしている。たとえば、平成二十年（二〇〇八）一月には、京都府木津川市大字木津の馬場南遺跡で、「阿支波支乃　之多波毛美智」と訓める歌木簡が発見されたが、ここは『万葉集』には登場しない場所である。三十一字の完全な形だと六十センチにもなると言うが、こうした大型の歌木簡は歌会で提示されたものではないかと見られている（栄原永遠男「木簡として見た歌木簡」「美夫君志」七五号・二〇〇七）。その用途については議論が分かれているものの、少なくとも宴席で歌が披露されたということは確実である。このほかにも、紫香楽宮の跡とされる宮町遺跡（滋賀県甲賀市信楽町宮町）出土の木簡など、近年、『万葉集』と直接的な関係のない歌木簡の出土が相次いでいる。

　また宝亀三年（七七二）には、『歌経標式』という我が国最初の歌論書も生まれている。宅嗣とはおそらく同世代であろうが、藤原浜成の編である。浜成は『続日本紀』（延暦九年二月条）の薨伝に、「略群書に渉りて、頗る術数（天文・暦数など）に習へり」とされた人。宅嗣と同様、歌に限らない幅広い教養の持ち主であったらしい。

　『歌経標式』は、歌に関する書物でありながら、詩の優位性を前提とした歌論であった（辰巳正明「歌経標式の理論」「古代文学」二〇号・一九八〇）からか、それは『万葉集』と没交渉に成立したものだと見られる。浜成の歌は伝えられていないので、彼がどれほど作歌の力量を持っていたのかは不明だが、歌論書の編纂は、歌文化の浸透なくしてはあり得ない。平城京における歌文化は、一人『万葉集』のみが背負っていたわけではなかった、ということは確実である。

石上宅嗣は宝亀三年（七七二）以後、太政官の一員として、その浜成と席を同じくしたことが伝えられる（『公卿補任』）が、文人としての交流は知られていない。宴席で歌をなす文化は、平城京とその周辺のあちらこちらで花開いていたことが窺われる。宅嗣も浜成も、大伴家とは必ずしも関係のない場所で、しかも別々に、歌という文化に馴染んでいた可能性が高い。

戦後の『万葉集』研究に大きな足跡を残した伊藤博は、「古代和歌史研究」と銘打った膨大な著作群の中で、著名歌人の系譜を見据えることを通して「古代和歌史」を構想した。しかし、それはあたかも『万葉集』が古代和歌の only one であったかのような捉え方に見える。とは言え、ここでも見たように、『万葉集』は古代の歌の世界の一部を伝えているに過ぎない。言うなれば、one of them でしかないのだ。

どういう経緯で宅嗣の歌が『万葉集』に取られたのかは定かでない。しかし『万葉集』は、古代の歌文化という大海の中から、たまたま宅嗣の歌を掬い上げた。宅嗣と『万葉集』の交差はたった一回でしかなかったが、だからこそ我々は、平城京における歌の世界の広がりと奥行きを知ることができるのだ。

『万葉集』から窺うことのできる歌の歴史は決して「古代和歌史」ではない。『万葉集』というたった一つの歌集が伝える歌の歴史でしかない。宅嗣の生き方とその歌も、それを教えてくれるのだ。したがって、そうした眼差しに基づく古代のヤマトウタの歴史が構築されなければならない。

歌を召されるとは思いませんでした――葛井広成

天平二年庚午　勅して擢駿《てきしゅん》馬使《めし》の大伴道足の宿禰を遣はす時の歌一首

奥山《おくやま》の　磐《いは》に苔生《こけむ》し
恐《かし》こくも　問《と》ひ賜《たま》ふかも
念《おも》ひあへなくに

（巻六・九六二）

1

『万葉集』はまだ仮名の成立していない時代の作品である。したがって、すべて漢字で書かれている。作歌事情等を記す題詞・左注は漢文体で書かれ、歌は「山」「川」などといった正訓字ばかりでなく、「阿」「伊」「宇」などと、その音をあてて書き表している部分も多い。いわゆる万葉仮名である。

周知のように、七、八世紀の東アジアには漢字文化圏が形成されていた。漢字・漢文は現在の英語のように、東アジア世界の共通語とも言える位置にあった。上代の史料では確認できないものの、筆談がコミュニケーションの有効な手段であったことが想像される。言うなれば、漢文体の題詞・左注は英語で、万葉仮名の歌はローマ字で記されているようなものだと言ってもよい。『万葉集』はまさに、古代なりのグローバル化の精華であったと見ることができる。

当然、中国文学・文化の影響は広範にわたっている。その様相に関する研究は、まさに汗牛充棟である。現在では、日中の比較文学的な研究が『万葉集』研究の大きな柱の一つであることを、否定する研究者はいない。

しかし、もう一つ忘れてはならない問題がある。朝鮮半島との関わりである。たとえば『古事記』によれば、『論語』と『千字文』は応神天皇の時代に百済から入って来たと伝えられている。また『日本書紀』にも、百済から渡来した王仁《わに》に、皇太子の菟道稚郎子《うじのわきいらこ》が「諸典籍」を習ったとする記述が見える。あたかも、明治時代に外国人教師たちから先進の学問を学んだように、古代においても、先進の学問は外国人から学んだと言うのである。

『千字文』の成立は六世紀のことなので、この伝承は時代的に不自然だが、大陸より近いこともあって、朝鮮半島との交流の方が遥かに活発だったことは間違いのない事実であろう。七世紀後半に新羅が半島を統一した後は、頻繁に新羅使が来日し、遣新羅使が派遣されている。したがって、飛鳥で出土する木簡にも、朝鮮半島系の文字や書体がしばしば見られることが指摘されている（市大樹『飛鳥の木簡　古代史の新たな解明』中公新書・二〇一二）。

『万葉集』に登場する渡来系の人たちの中では、百済系が圧倒的に多い（拙稿「東アジアの中の『万葉集』」『万葉集と新羅』翰林書房・二〇〇九）という事実もある。秦氏のように、中国系と称してはいるものの、実は半島系だと見られている（水谷千秋『謎の渡来人　秦氏』文春新書・二〇〇九）人たちもいる。遣唐使が大量の書物を購入して帰ったということはよく知られているが、人と人との直接的な交流の面では、朝鮮半島との間の方が遥かに活発であったと言ってよい。

にもかかわらず、朝鮮半島に古代の文献が残されていないこともあって、『万葉集』と朝鮮半島との関係についての研究はほとんどなされて来なかった。しかし、そちらにも目を向けなければ、八世紀なりのグローバル化の中で成立した『万葉集』を、十全に理解することはできない。近年、旧百済地域から新たな木簡も出土している（李鎔賢「百済出土文字資料の用字」平成二十二年度上代文学会秋季大会シンポジウム資料）。高句麗や新羅との関係をも含め、今後は朝鮮半島との関わりを通して『万葉集』に光が当てられることが期待される。

2

『万葉集』には、カラクニという外国一般を示す地名が見られるが、遣唐使に関わる歌に、彼の地の具体的な地名や景観はまったくうたわれていない。人との交流を窺わせる歌もない。遣新羅使歌の場合も、その点はまったく同じである。ヤマトウタは、ヤマトコトバを共有する人たちの中で詠まれるべきものであって、そこに詠まれる地名や景観は、この列島の中のものでなければならない。そうした暗黙の社会通念があったように思われる（拙稿「万葉集と新羅――遣新羅使人等はなぜ新羅をうたわなかったか――」『万葉集と新羅』）。

とは言え、ここで言うヤマトコトバを共有する人たちとは、決して有史以来この列島に住んでいたと思われる人たち――たとえば、『日本書紀』の神代巻に始祖伝承を持つ氏族――だけを指すわけではない。その中に、多くの渡来系氏族の人が含まれていたことを忘れてはならない。

すでに述べたように、百済系を中心に朝鮮半島から渡来した人たちの子孫が多い。八世紀のヤマトウタの世界は彼らを含めて成り立っていた。渡来系の人が宴の中心をなしていた例すら見られる。『万葉集』から見る限り、八世紀におけるヤマトウタの成熟にとって、彼らも重要な構成員の一人であったと見なければならない。

その典型は、葛井連氏の人々である。河内国志紀郡、すなわち現在の大阪府藤井寺市と羽曳野市の一部(『大阪府の地名Ⅱ〈日本歴史地名大系〉』平凡社・一九八六)を本拠地とした百済系の渡来氏族。「先進の学問を伝えた家柄」(大久保廣行「葛井氏の歌詠と伝統」『筑紫文学圏論　大伴旅人　筑紫文学圏』笠間書院・一九九八)であった。『万葉集』には大成、子老、広成、諸会という四人のほか、名前のわからない「藤井連」(巻九・一七七八)も登場する。『万葉集』に名を残す渡来系氏族の中では、秦氏の六人に続いて多数を占めている。

たとえば、葛井連広成には次のような歌が見られる。

天平二年庚午　勅して擢駿馬使の大伴道足の宿禰を遣はす時の歌一首

奥山の　磐に苔生し／恐《かしこ》くも　問ひ賜ふかも／念《おも》ひあへなくに　(巻六・九六二)

右、勅使大伴道足宿禰を帥《そち》の家に饗《あへ》す。この日に、会ひ集ふ衆諸、駅使葛井連広成を相誘ひて、歌詞を作るべしと言ふ。登時《すなはち》広成声に応へて、即ちこの歌を吟《うた》ふ。

場所は大宰府。海外への玄関口であり、先進文化が真っ先に入って来た土地柄である。また、大宰府の職掌の一つとして、「蕃客」や「帰化」への対応もある(職員令69)。だからこそであろうが、当時の大宰帥大伴旅人の周辺には、渡来系の人が多い。広成や子老は遣新羅使として派遣されたこともあったが、渡来系氏族の人たちには、文書の作成や通訳などの役割が期待されたのであろう。

天平二年（七三〇）、勅使の大伴道足をもてなす宴が大宰帥の邸宅で催された折、「会ひ集ふ衆諸」が広成に対して、「歌詞を作るべし」と求めた。広成はその「声に応へて」即座に右の歌を披露したのだと言う。「奥山の　磐に苔生し」は序詞で、「恐くも」を導き出している。恐れ多いという意だが、大宰帥の邸宅の園池に苔生した磐があり、それを「奥山」に見立てたか。あるいは、大宰府の背後の山に築かれた大野城の石垣を指すのか。具体的な事情は不明だが、いずれにせよそれは、即境的景物だったに違いあるまい。

この歌の二句目は連用形の中止法だから、ここで一旦小休止があったということなる。すなわち、景色をうたうと見せて、次にどう展開するのか、その小休止の間、「会ひ集ふ衆諸」は期待を込めて広成に注目したことであろう。そして、広成は十分に「衆諸」を引きつけた上で、初句と二句目を序詞として「恐くも」という語を導き出し、誠に恐れ多いご下問です、と続けた。「かも」は文末に来る感動の助詞（上代語辞典編修委員会編『時代別国語大辞典　上代編』三省堂・一九六七）だから、ここでまた一息入れられる。単に歌ができないと言うのかと思わせた上で、最後に「念ひあへなくに」と続けられ、五七五七七の形を完成させている。なかなか鮮やかな展開である。憶測すれば、朗々と「吟」ずる声も良かったのかも知れない。

私なんぞに歌を所望されるとは、予想だにしておりませんでしたのに、と謙遜して見せた歌だが、そう言いつつ、即座に短歌を作って、うたって見せている。謙る姿勢を即座に歌の形にして見せたところが、広成の機知であろう。ここからは、人々が広成の歌の才を認めていたことともに、広成がそれに応えられるだけの手練であったことが窺える。宴席に集った人々は、広成のこの機知に富んだ歌に拍手を送ったに違いあるまい。

また、天平八年（七三六）十二月十二日には、歌儛所の諸王と臣の子等が広成の家に集まって宴を催したが、その席では広成によって古歌二首が披露されている。

我が屋戸の　梅咲きたりと　告げ遣らば／来と云《こ》ふに似たり／散りぬともよし　（巻六・一〇一一）

春去れば　ををりにををり／鶯の　鳴く吾が山斎《しま》ぞ／やまず通はせ　（巻六・一〇一二）

という歌々である。どちらも、春が来たら「我が屋戸」の「山斎」（庭園）に来訪するようにと促す歌だが、「梅」に「鶯」を対にして詠んでいる。いずれもこの場にふさわしい歌だったに違いない。

この一首目の歌からも、広成の緩急をつけたうたいぶりを窺うことができる。三句目までは一気にうたったものと見られるが、「告げ遣らば」どうなのかと一同が聞き耳を立てたところで、広成は「来と云ふに似たり」と言い切った。じゃあ、行かなくていいの、と不審に思っていると、少し間を措いて、さらに「散りぬともよし」という意外な展開で一首を結んでいる。来なくてもいいですよ、と言うことになるが、それでは角が立つかも知れない。

そこで、直ちに二首目が続けられる。四句目まで「吾が山斎」の春爛漫の様子をうたい、「やまず通はせ」と結ぶ歌が披露された。宴席は和やかな笑いに包まれたことであろう。「奥山の」の歌と同様、ここからも広成が宴席の空気を巧みに操っていたことが窺え、その手腕が並々ならぬものであったことが知られる。

『経国集』（巻二十）に「白広成」の名で「対策文」二篇が見える。白猪史を名乗っていた時期の広成である。また、『家伝下』（武智麻呂伝）には「文雅」として、その名が見える。藤原武智麻呂邸の文化サロンの一員だったのだが、大宰府でも広成の文才に関する評判が聞こえていたのであろう。この二首は古歌であって、広成の作ではないが、これも広成がまさに「文雅」の士であったことを窺わせるに十分である。

天平八年の広成は歌儛所の中心人物であって、この宴はその忘年会だったとする説もある（井村哲夫「『歌儛所』私見――天平万葉史の一課題――」『憶良・虫麻呂と天平歌壇』翰林書房・一九九七)。そこで広成は、参会者たちに向かって、先の古歌を披露する前に、

比来、古儛盛りに興り、古歳漸に晩《く》れぬ。理に、共に古情を尽くし、同じく古歌を唱ふべし。故に、この趣に擬して、輙《すなは》ち古曲二節を献る。風流意気の士、儻《たまさか》にこの集へるが中にあらば、争ひて念を発し、心々に古体に和せよ。

と呼び掛けている。自分が披露する歌に和する歌を求めたのだ。文中に六回も「古」の字が繰り返されているが、同字の繰り返しは六朝の詩賦によく見られるものであることが指摘されている(小島憲之「天平における萬葉集の詩文」『上代日本文學と中國文學　中』塙書房・一九六四)。ここからも漢籍にも堪能だったことが窺える。

歌儛所の性格については諸説があるが、一般に、和歌の弾琴唱和に関わる宮中の部署であったと考えられている。ところが、広成はこの時、外従五位下に過ぎなかった。その広成が、諸王のいる席で、「風流意気の士」がいれば「古体に和せよ」と呼び掛けているのだ。二首の古歌をも含め、確かに彼は、「文雅」の才によって歌儛所の中心人物と見做されていたことを窺わせる。「奥山の」の歌の存在も、広成が歌の場を領導する人物として一目置かれていた、ということを物語っている。

3

『万葉集』は所詮、大伴家を中心とした歌集に過ぎない。それは決して、七、八世紀の日本におけるヤマトウタの世界の実態を、過不足なく伝えたものではあるまい。近年、各地から歌木簡の出土が相次いでいる。その結果として、たとえば紫香楽宮跡とされる宮町遺跡(滋賀県甲賀市信楽町宮町)や馬場南遺跡(京都府木津川

市大字木津）など、『万葉集』に登場しない場所にも歌の場があったということが明らかにされた。当然のことだが、歌文化は大伴氏の周辺だけで成熟したのではなかった、ということにほかならない。『万葉集』中の広成の歌は一首に過ぎないが、広成は別の交友圏を持っていて、活発な創作活動をしていたということであろう。平城京の歌文化の成熟に、広成も十分貢献していたと考えてよい。

八世紀において、歌文化の成熟に貢献していたと見られる人は、広成のように、歌の場の中心にいて、世評を獲得していた人ばかりではなかった。目立たない存在に過ぎなかったが、天平八年（七三六）の遣新羅使歌群の中に名を残す、大石蓑麻呂もその一人であったと考えられる。

『新撰姓氏録』（左京諸蕃下）によれば、大石氏は高丘宿禰と同祖とされる。『新撰姓氏録』（河内国諸蕃）には、高丘氏は百済国公族大夫高僕の後裔であるとされている。したがって、大石氏も百済系であろう。蓑麻呂は天平十八年（七四六）頃、東大寺の写経生だったことが知られる（東京帝国大学史料編纂所編『大日本古文書廿四』東京帝国大学・一九〇二）が、遣新羅使の一員としても微官であったことは想像に難くない。

蓑麻呂の歌は、次のような一首である。

安芸の国長門の嶋にして礒辺に船泊まりして作る歌五首

石走《いは》る　滝もとどろに／鳴く蝉の　声をし聞けば／京師《みやこ》し思ほゆ

右の一首は、大石蓑《みの》麻呂　（巻十五・三六一七）

「五首」の冒頭に置かれたもので、残りの四首（三六一八〜三六二一）は無名氏の歌だが、「安芸の国長門の嶋」は、広島県安芸郡の倉橋島とする説（扇畑忠雄「万葉集〝長門島〟考」「国語国文」五巻一一号・一九三五）が、現在でも一般に支持されている。滝は「急流。激流。（中略）今日われわれがタキと言っている瀑布は当時タルミとよんで区別があったらしい」（『時代別国語大辞典　上代編』）。現実の滝ではなく、比喩的な表現であった可能性もあろう。

一首は、岩の上をほとばしり流れる激流も、さこそと思うほど鳴いている蝉の声を聞くと、無性に都のことが思い出されます、というほどの意。「蝉の声」を聞いたことが平城京を思う契機となったという一首であり、典型的な望郷歌だと言ってよい。

上代に、蝉一般を和語で何と呼んだのかは不明だが、セミはカミ（紙）、ゼニ（銭）、ウメ（梅）などと同様、字音そのままの外来語であろう。当該歌は「蝉」という字音語を詠んだ『万葉集』中唯一の歌である。それはあたかも現代人の用いるカタカナ語のようなもので、斬新な表現と受けとめられたことであろう。

この歌には「声をし」と「京師（都）し」の二度、強意の「し」が使用されている。蓑麻呂にとっては、「蝉の声」と「京師」とが、非常に強固な関係で結びついていた、ということになる。とは言え、「蝉の声」を聴くと、なぜ「京師」が思い出されるのか。

蝉の類の和語としては、ヒグラシという語が知られる。『万葉集』では「日晩」「晩蝉」などと表記されるが、歌の素材としても、夕方に鳴くものとされている。そのうち、詠まれた場所のわかる例は、

萩の花　咲きたる野辺に／ひぐらしの　鳴くなるなへに／秋の風吹く　（巻十・二二三一）
夕去れば　ひぐらし来鳴く　生駒山／越えてぞ吾が来る／妹が目を欲《ほ》り　（巻十五・三五九一）
ひぐらしの　鳴きぬる時は／女郎花　咲きたる野辺を　行きつつ見べし　（巻十七・三九五一）

という例のように、都の外の「野」や「山」で鳴いている。また、三首目は越中での作だが、そこは絢爛たる都の文化の対極にある「夷《ひな》」の世界であった（中西進「夷」『万葉史の研究』桜楓社・一九六八）。遺新羅使歌群に

も三例見られるが、それらが「夷」の作だということは言うまでもあるまい。

このように、ヒグラシは鄙びた景物だと見なければならない。すなわち、ヒグラシは野趣であったのに対して、字音語のセミは都会的なもの、ということになろう。外来植物の「梅」を詠んだ歌々、すなわち大宰帥邸における梅花の宴（巻五・八一五〜八四六）が典型だが、それと同様、歌に字音語を使用する意識の根底には、中国文化に対する憧れがあったものと考えられる。

また、当該歌は一字一音式の仮名書きの巻の中にあって、例外的に「鳴蝉」と訓字で表記されているが、その点にも注意を向ける必要がある。蓑麻呂自身の表記であったか否かはにわかに決し難いものの、「鳴く蝉」は漢語を意識した表現であった可能性が高い。時代は少し前後するが、杜甫の「與任城許主簿遊南池詩」などに用例が見られる。それは「乱れ鳴く蝉」の意（吉川幸次郎『杜甫詩注　第二冊』筑摩書房・一九七九）で、まさに「滝もとどろに鳴く蝉」を表わす用字であった。

すでに述べたように、近年相次いで歌木簡が出土しているが、時に波をかぶる船の上では、保存を考えた場合、紙よりも木簡の方が適していたものと思われる。巻十五の遣新羅使歌群の原資料が木簡であった可能性は高い。また、それが蓑麻呂の表記ではなく、遣新羅使歌群全体の筆録者の表記であったとしても、渡来系氏族の出身者の歌に、新たな字音語がヤマトウタの表現として取り込まれたという点は、動かない。その点で、この歌は非常に興味深い。

「とどろに」は、「擬声語トドロをもとにした副詞」（吉井巖『萬葉集全注　巻第十五』有斐閣・一九八八）であって、「音響や世間の噂などが騒々しいことの強調表現。必ずしも激流のごう音を聞きながら詠んだのではない」（小島憲之ほか『萬葉集④〈新編日本古典文学全集9〉』小学館・一九九六）とされている。しかし、磯辺に停泊した時に作った歌だという題詞を正直に受けとめれば、打ち寄せる波が岩場を叩く音と、その海水が引いて行く時の音が、激流のように聞こえたということになる。あるいは、その磯辺に「石走る」ような急流が流れ込んでいたということか。いずれにせよ、この一首は音に触発されて生まれた望郷歌であったと考えなければなるまい。

因みに、一字一音表記が原則の中で、蓑麻呂の歌には「京師」という漢語も使用されている。それは「天子の都。京は大、師は衆。大衆の居る所。京都。京輦。京華。」（諸橋轍次『大漢和辞典 巻一』大修館書店・一九五五）の意である。すなわち、この用字は都の殷賑を意味していたことになろう。それは都会的な「鳴蝉」に対応した表記であったと考えられる。周知のように、「京師」という用字は蓑麻呂独自のものではないが、漢語の意味をきちんと踏まえて歌をなしている点で、この歌も八世紀における歌文化の成熟の一翼を担ったものであったと言えよう。

4

右は、氷山の一角に過ぎない。しかし、八世紀の歌文化の成熟過程の中で、渡来系の人たちもその一翼を担っていたということを、十分に窺い知ることができる。もちろん、彼らは少数派だが、彼らの役割を過少評価するわけには行くまい。彼らもヤマトコトバを共有した人たちなのである。

かつて、人麻呂から赤人へ、そして旅人・憶良から家持へといった形で、著名歌人の系譜をたどることによって、古代和歌史が構想された（伊藤博『萬葉集の歌人と作品上・下』塙書房・一九七五）時代があった。『万葉集』が唯一絶対の古代の歌文化を伝える史料だとする見方だと言ってもよい。しかし、近年各地から相次いで発見されている歌木簡は、七、八世紀の歌文化が、当然のことだが、『万葉集』にとどまらない広範なものであったということを教えてくれる。

本稿で取り上げた人たちの歌は、『万葉集』の中に一首しか見えないが、作歌に習熟していたことを十分に窺わせる。大伴家とは異なる交友圏の中で、繰り返し歌の場を経験していたからに違いあるまい。逆に言えば、彼らの歌の少なさはむしろ、『万葉集』以外の歌の場が広範なものであったことを物語っているのだ。下級官人層の歌々とされる作者未詳歌の中にも、多くの渡来系作者の歌が混ざっていたことも想像に難くない。

そうした意味で、渡来系の人たちに注目することは、文学史の見通しの変更を促す可能性をも秘めている。

いい時間を過ごさせていただきました——文馬養

朝戸《あさと》開《あ》けて　物念《ものも》ふ時《とき》に
白露《しらつゆ》の　置《お》ける秋芽子《あきはぎ》
見《み》えつつもとな
（巻八・一五七九）

さ雄鹿《をしか》の　来立《きた》ち鳴《な》く野《の》の　秋芽子は
露霜《つゆしも》負《お》ひて　散《ち》りにしものを
（巻八・一五八〇）

右の二首は、文忌寸馬養《ふみのいみきうまかひ》
天平十年　戊寅《つちのえとら》の秋八月廿日

1

作者の文は「書」とも表記され、フミと訓むが、アヤノイミキと訓む説もある。百済から渡来した王仁《わに》の後裔氏族の一つとされている。『日本書紀』によれば、王仁は応神天皇の時代に『論語』と『千字文』をもたらし、太子の菟道稚郎子の師となったと伝えられる学者である。王仁を推薦した阿智使主《あちのおみ》の後裔氏族とも言われるが、いずれにせよ、百済系の古い渡来氏族であった。

『懐風藻』の序文には、神武天皇が橿原で即位したこと、聖徳太子が冠位十二階を制定したこととともに、「王仁始めて蒙を軽島に導」(応神天皇の都で太子に経籍を教授したこと)いたことが挙げられている。つまり、『懐風藻』の歴史認識では、『論語』と『千字文』の伝来は非常に重要な歴史的事実だったということになろう。『日本霊異記』の序文にも同様の歴史認識が見られるが、文氏はそうした歴史を伝える誇り高い氏であったと考えられる。

文氏は、河内国古市郡古市郷(大阪府羽曳野市古市周辺)を本拠地としていた。南河内には、渡来系氏族によって建てられた寺院が数多く存在したが、羽曳野市古市の住宅街の一角にある向原山西琳寺の境内で、西文氏によって建設されたとされる飛鳥時代の西琳寺伽藍跡も確認されている(北野耕平「西琳寺跡(遺跡番号35)」『羽曳野市史　第三巻　史料篇1』羽曳野市・一九九四)。

初めの姓は首。代々文筆を業とし、天武十二年(六八三)九月に連を賜り、同十四年(六八五)六月には、忌寸となった。養老の学令の大学生・国学生の入学資格に関する規程によれば、「五位以上の子孫、及び東西の史部の子」は、大学に入学することを許されていた。文首は、その中心的存在であったとされている。延暦十年（七九一）四月には、宿禰の姓を賜っている。
『続日本紀』霊亀二年（七一六）四月条に、壬申の乱の功臣たちの子息に田を賜ったとする記事があり、そこに文忌寸禰麻呂の息正七位下馬養の名が見える。確かに、『日本書紀』天武元年（六七二）六月条には、大海人皇子が東国に入った時、「元めより従へる者は、草壁皇子・忍壁皇子（中略）、二十有余人、女孺《にょじゅ》十有余人なり」とされる中に、同じく百済系の調首淡海《つきのおびとおうみ》らとともに、「書首根摩呂《ふみのおびとねまろ》」の名が見え、大海人の側近中の側近の一人であったことが知られる。さらに、同年七月条には「村国連男依《むらくにのむらじをより》・書首根麻呂（中略）を遣して、数万の衆を率て、不破より出でて直に近江に入らしめたまふ」とする記事もある。まさに壬申の乱の功臣だったと言ってよい。とは言え、大陸文化の受容能力といった伝統的な特殊性をある程度は保持していたものの、この頃の文氏は、禰麻呂の武功のみが目立つような状態だったともされている（関晃「西文氏」『帰化人　古代の政治・経済・文化を語る』至文堂・一九六六）。

天保二年（一八三一）、大和国宇陀郡八滝村（現奈良県宇陀市榛原区八滝）の山中から墓版が出土していて、それには「壬申年将軍、左衛府督正四位下文祢麻呂忌寸、慶雲四年（七〇七─梶川注）歳丁未次、九月廿一日卒」（『古京遺文』）と記されている。現在は東京国立博物館に保存され、国宝に指定されている。

その官歴などからすると、馬養は禰麻呂の四十代以後の子であったと見られるが、この父のお蔭で出世したのであろう。選叙令によれば、嫡子ならば正七位下、庶子ならば従七位上からスタートしたことになる。『続日本紀』天平九年（七三七）九月条に、外従五位下となったことが見え、同年十二月、外従五位上。その後、十年（七三八）閏七月に、主税頭。同十七年（七四五）九月、筑後守。天平宝字元年（七四九）六月、鋳銭長官。天平宝字二年（七五〇）八月には、従五位下に到達している。

『万葉集』に短歌が二首見える。冒頭に掲げた二首だが、天平十年（七三八）八月二十日に、右大臣橘諸兄の邸宅で行なわれた宴席で詠まれた七首の中の二首である。

2

馬養の歌は、左注に天平十年（七三八）八月二十日の作とされているが、それは「右大臣橘家の宴の歌七首」（巻八・一五七四〜一五八〇）のうちの二首。右大臣とは橘諸兄。この年の正月に正三位となり、右大臣に任じられた。よく知られているが、『栄華物語』以後、諸兄を『万葉集』の撰者とする説もある。その当否は措くとしても、自ら宴席の主宰者となり、歌を詠んでいる。歌に関心を寄せる人物だったことは間違いない。

この宴席の歌の中には「この岡」「秋の野」「この野」などといった表現が見られるが、それは平城京の中での作としては不自然に思われる。また、「遠けども　君に逢はむと　たもとほり来つ」（巻八・一五七四）とも詠まれている。この「右大臣橘家」は、遠かったのだ。諸兄は「相楽別業」（『続日本紀』天平十二年五月条。一般に、京都府綴喜郡井手町玉水に比定される）と呼ばれる別邸を持っていた。平城宮跡（奈良市二条町一帯）の一一キロほど北にあたる。その一帯は、西側を北流する木津川を見下ろすなだらかな丘陵地で、「岡」「野」と言うにふさわしい地形である。また最近は、京都府木津川市で発見された馬場南遺跡である可能性も示されている（上田正昭監修『天平びとの華と祈り　謎の神雄寺』柳原書店・二〇一〇）が、確かにそこも「岡」「野」と言ってよい場所である。いずれにせよ、『万葉集』には平城京の外の諸兄邸で詠まれた宴席歌群（巻十九・四二六九〜四二七二）が見られるが、これも別邸における宴席歌だと見た方が自然である（武田祐吉『増訂 萬葉集全註釋七』角川書店・一九五六、多田一臣『万葉集全解2』筑摩書房・二〇〇九）。

この日の宴席で詠まれた歌は、巻六にも「秋八月廿日に、右大臣橘家に宴する歌四首」（一〇二四～一〇二七）として収録されている。配列位置からすれば、やはり天平十年の作ということになろう。一つの宴席の歌が季節の景物を詠んでいるか否かで、巻六と巻八に分載されたのであろう（森淳司「万葉集四季歌巻とその周辺——巻八・巻十とその他諸巻との関連——」「語文」四二輯・一九七六）。巻六の四首のうちの二首が、その宴席の冒頭で披露され、残りの二首がその最後に披露されたものであったとする説（伊藤博『萬葉集釋注四』集英社・一九九六）もある。

しかし、馬養の歌は宴のお開きに披露されたと見た方がふさわしいように思われる。そこで、試みに宴席の姿を復原してみると、以下のような十一首の歌群となる。

1長門なる　沖つ借島《かりしま》／奥まへて　吾が念ふ君は　千歳にもがも　（巻六・一〇二四）

　右の一首は、長門守巨曾倍《こそべ》対馬朝臣

2奥まへて　吾を念へる　吾が背子は／千歳五百歳《いほとせ》　ありこせぬかも　（巻六・一〇二五）

　右の一首は、右大臣の和ふる歌

3雲の上に　鳴くなる雁の／遠けども　君に逢はむと　たもとほり来つ　（巻八・一五七四）

4雲の上に　鳴きつる雁の／寒きなへ　芽子《はぎ》の下葉は　もみちぬるかも　（巻八・一五七五）

　右の二首

5この岡に　雄鹿踏み起こし／うかねらひ　かもかもすらく　君故にこそ　（巻八・一五七六）

　右の一首は、長門守巨曾倍朝臣津嶋

6秋の野の　尾花が末《うれ》を　押しなべて／来《こ》しくも著《しる》く　逢へる君かも　（巻八・一五七七）

7今朝鳴きて　行きし雁が音《ね》　寒みかも／この野の浅茅　色づきにける　（巻八・一五七八）

右の二首は、阿倍朝臣蟲麻呂

8ももしきの　大宮人は／今日もかも　暇《いとま》を無みと／里に出でざらむ　（巻六・一〇二六）

右の一首は、右大臣伝へて云はく、故豊島采女が歌なり、といふ。

9橘の　本に道踏む　八衢《ちまた》に／物をそ念ふ／人に知らえず　（巻六・一〇二七）

右の一首は、右大弁高橋安麻呂卿語りて云はく、故豊島采女が歌なり、といふ。ただし、或本に云はく、三方沙弥、妻苑臣《そののおみ》に恋ひて作る歌なり、といふ。然らば則ち、豊島采女は当時当所にしてこの歌を口吟《うた》へるか。

10朝戸開けて　物念ふ時に／白露の　置ける秋芽子／見えつつもとな　（巻八・一五七九）

11さ雄鹿の　来立ち鳴く野の　秋芽子は／露霜負ひて　散りにしものを　（巻八・一五八〇）

右の二首は、文忌寸馬養

天平十年戊寅の秋八月廿日

最初の一首（1）は、巨曾倍対馬（巻八では「津嶋」）がこの家の主の諸兄の長寿を寿いだ歌である。自身が長門守なので、それに因んだ序詞を用いている。宴席歌群の口火を切る歌として、実にふさわしい挨拶の歌だと言ってよい。それに対して諸兄も、対馬の長寿を願って、挨拶を返している（2）。初句と第二句は、対馬の第三句と第四句を受けているが、「千歳」を「千歳五百歳」と重ねることによって、さらに長寿への願望を増幅した形である。

長門守の対馬が、この時期諸兄邸の宴席に参加していたのは、大帳使として上京していたからだとする見方がある（阿蘇瑞枝『萬葉集全歌講義三』笠間書院・二〇〇七）。大帳使は、調などを徴収する目的で諸国が作成した戸籍の台帳の写しを、毎年八月末までに太政官に提出させるための使者。時期的に見て、その可能性は高いと言ってよいだろう。

宴は堅苦しい挨拶から始まったが、三首目からは、季節の景物を詠んでいる。単なる挨拶だけではなく、周辺の自然に目を向けることによって、宴席の雰囲気を転換したのである。

作者名のない「右の二首」（3・4）の作者は、この日の賓客の一人と見られる高橋安麻呂であろうとする説がある（藤原芳男「雲の上に鳴くなる雁の――右大臣橘家宴歌――」「萬葉」三六号・一九六〇）が、消去法のような解答でしかないと思われる。安麻呂は同年一月に従四位下を授けられており、ほかの出席者よりも官位は上である。「右の二首」の作者か否かは別として、確かに賓客とされた可能性は高いと言えるが、安麻呂は諸兄の反対派だったとする説もある（木本好信「仲麻呂と橘諸兄政権」『藤原仲麻呂』ミネルヴァ書房・二〇一一）。とすれば、この宴席には諸兄のシンパばかりでなく、腹に一物持つ人間も同席していたということか。

ともあれ、その歌は「雲の上に　鳴くなる雁の」と「雲の上に　鳴きつる雁の」という、ほぼ同じ序詞を用いた二首である。「なる」と「つる」の違いは、雁の声を聞いた時点で詠んだものと、聞いた後に詠んだものとの違いであろうと思われる。一首目から二首目へと、時間の経過があった、ということになろう。

時は旧暦の八月二十日。太陽暦では十月七日にあたる（岡田芳朗ほか編『日本暦日総覧　具注暦篇　古代中期1』本の友社・一九九三）。また、奈良周辺におけるガンの飛来の平年値は、十月二十日頃（大後美保『季節の事典』東京堂・一九六一）。それはまさに、ガンの訪れる季節であった。諸兄邸で、実際にガンを見たのかどうかは不明である。歌の表現をそのまま受け取れば、声を聞いただけということになるが、いずれにせよ、「雁」の飛来をモチーフとした二首である。季節にふさわしい景物を詠み込みつつ、まずは、今日はあなたにお目にかかるために、遠い道程でしたが、戸惑いながらも参上致しました、という挨拶の歌（3）をなしたのだ。さらに、おそらく諸兄邸の庭のハギであろうが、「芽子」の花の色づいたことをうたって、季節の挨拶としている（4）。もちろん「芽子」も、この季節を代表する景物である。

続く巨曾倍津嶋の歌（5）は、「雄鹿」を詠んでいる。この後に続く阿倍蟲麻呂も馬養も、二首ずつ詠んでいるが、冒頭の歌が一首のみだったので、もう一首必要だと考えたのかも知れない。結果として、主人の諸兄を除き、客たちは全員二首ずつ歌を詠むことになった。

『万葉集』では、「秋芽子」は「さ雄鹿」の「花嬬」（巻八・一五四一）とされ、両者は一対の景物であった。これも先行する「芽子」の歌（4）からの連想に基づくのであろう。また「雄鹿」だからこそ「うかねらひ」（獲物の出現を窺い狙う）とうたっている（5）が、主人の顔色をしっかりと見て、その意向を察する意で用いている。「かもかもすらく　君故にこそ」は恋歌的な表現だが、「君」（主人諸兄）に、ああもこうもして尽くそう、という気持ちである。この段階で、宴席はやや砕けた雰囲気になっていたものと見られるが、「千歳」の齢をと願った諸兄に、あたかも恋人に尽くすかのように、犬馬の労を取ろうと言うのだ。

それに阿倍蟲麻呂の歌が続けられる。蟲麻呂は坂上郎女の従兄弟で、『万葉集』に歌が五首見られる。日頃から歌に親しんでいたことが窺われるが、ここでは二首ともに「野」の景観を詠んでいる。

まずは、挨拶歌（6）。「秋の野の尾花」という季節の景物からうたい、わざわざやって来てお目にかかった甲斐がありました、という歌を披露している。3と同じく、参上の挨拶歌であると見られる。そこで「野の尾花が末」を「押しなべ」て来たと言うのは、「野」という里の外の世界から来たことを意味しているのであろう。

もう一首（7）は、3と4で詠まれた「雁」を受けて、寒くなって、「野の浅茅」も色づきました、と秋の深まりをうたっている。「浅茅」は庭園の中の植物とは考えにくいので、やはり郊外の風景を詠んだものと見てよい。参上しましたという歌と、木の葉が色づきましたという組み合わせは、「雲の上に」の二首と同じである。もちろん、それを意識したものだと思われる。

巻六に収録されたこの宴席歌群の最後には、豊島采女に関わる二首（8・9）が置かれている。摂津国の豊島郡（大阪府北部の豊中市・吹田市・箕面市一帯）か武蔵国の豊島郡（東京二十三区の中西部）かは不明だが、おそらく前者であると思われる。いずれにせよ、豊島は地名で、采女の出身地であった可能性が高い。それらの歌は確かに、その日の宴席で諸兄が話題にしたものであろうが、この日の歌々と表現の共通性などは見られない。

諸兄が披露した歌（8）は、「官人の勤務ぶりなどが話題になったとき、京内の官人の勤務ぶりをうたった豊島采女の歌を諸兄が披露したのであろうか」（阿蘇瑞枝『萬葉集全歌講義三』）とする注がある。しかし、恋歌の「暇をなみ」（一四九八、一五〇四）は、男の言い訳に違いあるまい。すなわち、この歌も「「大宮人」の訪れを待つ女の立場の歌」（多田一臣『万葉集全解2』）であろう。「恨みを表面に出さないで、（中略）人を待つ気持ち」（武田祐吉『増訂 萬葉集全註釋六』角川書店・一九五六）がうたわれているのだと考えることができる。

「宮中は忙しいから里に出ずにいるのだろうね」と言って、豊島采女が来なかったことを、その人の歌（8）で示したか。あるいは、この宴席の出席者たちに対して、「忙しい忙しいと言って、泣かせている女性がいるんじゃないの」と、待っている女性の気持ちを豊島采女の歌で代弁させたのか。いずれにせよ、一通りの挨拶が終わり、和やかな話に花が咲いた段階で披露されたものであろう。

するると、高橋安麻呂も豊島采女の歌を記憶していて、それを披露した。左注によれば、豊島采女の作ではなく、単に古歌（巻二・一二五の三方沙彌の歌か）を「口吟」しただけかも知れないが、恋に悩む歌（9）である。女歌か否かは不明だが、前の歌との繋がりを考えれば、男の訪れがないので恋に悩んでいる、ということかも知れない。そうだとすれば、すでに酒も入り、宴席はかなり砕けたものになっていたということになろう。

馬養の歌二首は、こうした展開を受けてなされたもの。「朝戸開けて」は、後朝の別れの場面である。一首目（10）は「橘家に宿つた朝の感興」（武田祐吉『増訂 萬葉集全註釋七』）とする見方もあるが、そうした抒情詩的な理解は、すでに過去のものだと言ってもよい。単に宴席の趣向として、恋歌的な表現が選ばれたのであろう。不幸な女の歌（8・9）に対して、幸福な時間を過ごした女の歌だと見られる。とは言え、別れの時間になって、「露霜」を置いたハギを茫然と眺めている一首である。宴席のお開きの時間が近づいて来たので、その名残惜しさをうたって、この日の同席者たちといい時間を共有したことを感謝する歌としたのだと考えられる。

また二首目（11）は、「秋芽子」の季節の終焉をうたって、宴のお開きを促した歌だと見られる。「さ雄鹿」も「秋芽子」も先行する歌（4・5）を受けたものだが、当然、「秋芽子」が「さ雄鹿」の「花嬬」であることを承知していたものと思われる。また、「秋芽子」は「もみち」の状態から「散りにし」ものへと変化している。ここでも、時間の経過を表わしているが、「さ雄鹿」の「花嬬」は散ってしまい、今はもう恋の季節が終わったのだと言っているのであろう。

こうした二首は、併せて「終宴・辞去の歌。別れを惜しむ思いを、相聞歌の情調に託」（多田一臣『万葉集全解3』筑摩書房・二〇〇九）したものだとされる。確かに、当初は堅苦しかった宴席も、時間が経過するに連れて、すっかり和やかなものになっていたのであろう。

このように、馬養の歌は宴の流れと、一座の気分を的確に捉えたものであったと見ることができる。『万葉集』に残された歌は少ないものの、馬養は社交の具としての歌をなすことに、ある程度習熟していたことが窺われる。

3

近年、相次ぐ歌木簡の発見によって、短歌を一字一音で表記することは、七世紀の半ばには行われていたということが確認されている。難波宮跡（大阪市中央区法宴坂）で発見された「はるくさ」木簡である。とは言え、七世紀の半ばに突然一字一音の表記が生まれたと考えるよりも、かなり長期にわたる試行錯誤の期間があったと見た方が穏当ではないかと思われる。

一方、『日本書紀』の大化五年（六四九）三月条、すなわち「はるくさ」木簡とほぼ同時期のことだが、野中川原史満という渡来系の人物が、皇太子に定型の短歌二首（紀一一三、一一四）を献上している。また、孫の建王の死を悲しんだ斉明天皇の歌（紀一一九〜一二一）を、「斯の歌を伝へて、世に忘らしむること勿れ」（『書紀』斉明四年十月条）と命じられた秦大蔵造万里も、渡来系の人であった。

すなわち、七世紀の半ば頃、渡来系氏族の人たちが、さまざまな形で歌に関わり、それを記録する役割を担っていたのだ。難波宮でも、渡来系氏族の人たちが歌を書くことに関わっていた可能性は高いものと思われる。とすれば、『万葉集』の形成以前から、歌の場には渡来系氏族の人たちがいて、歌という文化は彼らとともに成熟して行ったということが想定できる。

百済が滅亡し、大量の百済人たちが渡来した時には、一字一音で歌を表記することも、貴人に歌を献上することも、すでに文化として確立していた。『万葉集』にも多く見られる「大化以後の新しい渡来人」（関晃「西文氏」『帰化人　古代の政治・経済・文化を語る』）たちの活躍は、その上にあったということになろう。

もちろん、平城京の時代には「大化以前の新しい渡来人」たちも、『万葉集』に多くの歌を残している。葛井連氏や田辺史氏の人たちだが、彼らは概ね、その場にふさわしい歌を当意即妙に披露している。とりわけ、百済系の人たちの歌の場での活躍は、めざましいものがあった（拙稿「東アジアの中の『万葉集』」『万葉集と新羅』翰林書房・二〇〇九）。『万葉集』にはその生の断片しか伝えられていないが、彼らは宴席などの歌の場を繰り返し経験しつつ、作歌に習熟して行ったのだと思われる。つとに、八世紀の万葉の形成に「帰化系知識人」の果たした役割を過少に評価することはできない（村山出「「帰化系知識人の文学」の可能性——万葉における位置——」『山上憶良の研究』桜楓社・一九七二）とする指摘があるが、確かにその通りだと思われる。

文忌寸氏は古い渡来系氏族で、すでに数世紀にわたって、南河内を本拠地として過ごして来た。馬養も、渡来系氏族の多い南河内で生まれ育ったのだろうが、平城京で律令官人として過ごす中で、歌という社交の具に習熟し、歌を書くことにも関わっていたように思われる。彼も、歌という文化の成熟に貢献した渡来系氏族の一人だったと見てよい。

このように、『万葉集』に見られる歌文化は、数世紀にわたって波状的に渡来した人たちの参画もあって形成されたものであり、決してこの列島の中に有史以来住んでいた人たちの中だけで純粋培養されたものではなかったと考えられる。文献史料を前提とした比較文学的な研究の一方で、具体的な人の動きを見据えつつ、歌文化の成熟して行く過程を考えて行かなければ、東アジアの大きな歴史のうねりの中で生まれた『万葉集』という歌集の本質は、決して捉えられないのではないかと思われる。
文忌寸馬養の歌も、そうした歴史的積み重ねの中で生まれたものであると考えられる。

【付記】　本稿は、「『万葉集』と朝鮮半島――百済系渡来人たちの役割――」（高岡市万葉歴史館編『万葉集と環日本海』）と題する論文の中から、文忌寸馬養とその宴席歌群に関する部分のみを抄出したものである。

126

どうぞ羽を伸ばして下さい——秦八千嶋

ひぐらしの　鳴きぬる時は
女郎花《をみなえし》　咲きたる野辺《のへ》を　行きつつ見べし

右の一首、大目《だいさくわん》秦忌寸八千嶋《はたのいみきやちしま》

（巻十七・三九五一）

1

秦氏は初期の渡来氏族で、忌寸とは渡来系の氏族に与えられる姓である。『新撰姓氏録』（右京諸蕃上）には、秦の始皇帝の子孫功満王が応神朝に来朝したが、それが秦氏の祖であると伝えている。しかし、『日本書紀』の応神天皇十四年三月条には、弓月君が百済から渡来したとする伝承が見え、一般にこれが秦氏の渡来伝承であるとされる。一方、新羅から渡来したとする説も有力だが、現在では朝鮮半島からの渡来氏族とする見方が通説である（水谷千秋『謎の渡来人　秦氏』文春新書・二〇〇九、井上満郎『秦河勝』吉川弘文館・二〇一一）。

秦氏は絹・綿・糸の生産に従事する部民を配下に持ち、山城国葛野郡（京都市右京区を中心とした一帯）を本拠地としていた（関晃『帰化人　古代の政治・経済・文化を語る』至文堂・一九六六）。国宝第一号の弥勒菩薩半跏思惟像で知られる太秦の広隆寺（京都市右京区太秦蜂岡町）は、その氏寺である。一族に政治の表舞台で活躍した人は少ないが、財務官僚的な立場で活躍した人が多い。

八千嶋は伝未詳。右は天平十八年（七四六）八月七日、越中国守の館（現在の富山県高岡市古国府にあったとされる）で行なわれた宴における歌で、そこには大目（国司の第四等官で、従八位上相当のポスト）とされている。この時の越中国守は大伴家持。八千嶋は、その部下であった。

また、『万葉集』には八千嶋自身の館における宴席歌（巻十七・三九五六）も見られるが、他の出席者の歌がなく、誰を迎えた宴だったのかは不明。翌十九年（七四七）四月にも、自身の館で上司の家持を送る宴が開かれているが、この時は八千嶋の歌がない。

このように、八千嶋は越中時代の家持配下の官人の一人であったことが知られるが、その生の痕跡を伝える史料はそれ以外にない。この時、従八位上相当のポストにいるので、八千嶋が二十一歳になると特権的に所定の位が授けられる蔭子孫でないことだけは確実である。無位から官途を歩み始め、それまでに初位の四階と従八位下の時代があったことになる。官人となってから、少なくとも二十四年は経過していた。当時は二十一歳で出仕するのが一般的だから、八千嶋はこの時、四十代後半になっていたことは確実である。あるいは、五十歳を超えていたことも十分に考えられよう。

一方の家持は、養老二年（七一八）生まれとする通説に従えば、この年は二十九歳。八千嶋とは、親子と言ってもよいほどの年齢差であった。

2

冒頭に掲げた歌は、次のような宴席歌群の中の一首である。

八月七日の夜に、守大伴宿禰家持が館に集ひて宴する歌

1秋の田の　穂向き見がてり／我が背子が　ふさ手折《たを》りける　女郎花かも　（巻十七・三九四三）

右の一首、守大伴宿禰家持が作

2女郎花　咲きたる野辺を　行き巡り／君を思ひ出　たもとほり来ぬ　（巻十七・三九四四）

3秋の夜は　暁《あかとき》寒し／しろたへの　妹が衣手　着むよしもがも　（巻十七・三九四五）

4ほととぎす　鳴きて過ぎにし　岡辺から／秋風吹きぬ／よしもあらなくに　（巻十七・三九四六）

右の三首、掾大伴池主が作

5今朝の朝明《あさけ》　秋風寒し／遠つ人　雁が来鳴かむ　時近みかも　（巻十七・三九四七）

6天離《さか》る　夷《ひな》に月経ぬ／しかれども　結ひてし紐を　解きも開けなくに　（巻十七・三九四八）

右の二首、守大伴宿禰家持が作

7天離る　夷にある我を／うたがたも　紐解き放《さ》けて　思ほすらめや　（巻十七・三九四九）

右の一首、掾大伴宿禰池主

8家にして　結ひてし紐を　解き放けず／思ふ心を　誰か知らむも　（巻十七・三九五〇）

右の一首、守大伴宿禰家持が作

9ひぐらしの　鳴きぬる時は／女郎花　咲きたる野辺を　行きつつ見べし　（巻十七・三九五一）

右の一首、大目秦忌寸八千嶋

古歌一首　大原高安真人の作　年月審らかならず。ただし、聞きし時のまにまに、ここに記載す。

10妹が家に　伊久里の杜《もり》の　藤の花／今来む春も　常かくし見む　（巻十七・三九五二）

右の一首、伝誦するは僧玄勝これなり。

11雁がねは　使ひに来むと　騒くらむ／秋風寒み／その川の上に　（巻十七・三九五三）

12馬並《な》めて　いざ打ち行かな／渋谿《しぶたに》の　清き磯廻《み》に　寄する波見に　（巻十七・三九五四）

右の二首、守大伴宿禰家持

13ぬばたまの　夜は更けぬらし／玉櫛笥《くしげ》　二上山に　月傾きぬ　（巻十七・三九五五）

右の一首、史生土師宿禰道良

出席者は守の大伴家持（当時従五位下）をはじめとして、掾（国司の第三等官）の大伴池主（従七位下か）と、大目の秦八千嶋（従八位上か）。それに、僧玄勝と史生（書記官）の土師道良を加え、全部で五人。玄勝は国府の役人ではなく、伝も未詳だが、国分寺の僧かとする注が多い（鴻巣盛廣『萬葉集全釋　第五冊』廣文堂・一九三五、武田祐吉『増訂　萬葉集全註釋十二』角川書店・一九五六、伊藤博『萬葉集釋注九』集英社・一九九六、多田一臣『万葉集全解6』筑摩書房・二〇一〇など）。ほかにも参加者がいたのかも知れないが、その点は不明である。

この宴は天平十八年（七四六）八月七日に催された。知られる限りにおいて、家持が越中で最初に出席した宴である。したがって、「家持としては着任の挨拶を兼ね、集まる人びとにとっては歓迎の意をこめた宴であっただろう」（伊藤博『萬葉集釋注九』）とする推測もある。

家持が越中に出発する前の叔母大伴坂上郎女の歌々（巻十七・三九二七～三九二八）の題詞には、

大伴宿禰家持、天平十八年閏七月をもちて、越中国守に任ぜらる。即ち七月を取りて任所に赴く。

とされている。「着任の挨拶」とする説は、この「閏七月」は「秋七月」の誤りで、「七月」は「七日」の誤伝とすることを前提としている。つまり、七月七日に出発し、その月のうちに越中に到着、そして八月七日の宴、といった理解である。確かに、『続日本紀』によれば、この年の閏月は九月であったことが知られる。それが正しいのだとすれば、七月に閏月があったとは考えられない。

しかし、『万葉集』のこの部分には、本文の異同がない（佐佐木信綱ほか『校本萬葉集八〔新訂増補版〕』岩波書店・一九七九）。単に、家持か坂上郎女の記憶違いだったのかも知れないが、『万葉集』という歌集の読み方としては、とりあえず本文通りに理解するしかあるまい。とすれば、この題詞は、閏七月に着任するためにあえて七月中に出発した、と理解すべきものであろう。

『延喜式』（巻二十四・主計上）によれば、北陸道の越中国府までの旅程は九日間を基本とした。これは平安時代の規程なので、奈良から京都までのもう一日を加え、家持は十日かけて越中に下ったものと考えられる。しかし、初めての越中下向でもあり、余裕をもって閏七月に着任するため、七月中旬には都を後にしたことだろう。もちろん、七月上旬に出発したと考えても差し支えない。いずれにせよ、家持は七月下旬には越中に着いていたと見てよい。

それから八月七日まで、閏七月を挟んで一月余りの時間が経過していたことになる。とは言え、「閏七月」は記憶違いなど、何らかの錯誤に基づく本文であった可能性が高い。実際には、家持は七月下旬に越中に着き、この宴席まで少なくとも十日以上は経っていた、と見るべきであろう。

ともあれ、それが「着任の挨拶」と「歓迎」の宴であったのか否かは、直接関係のない坂上郎女の歌の題詞からではなく、その宴席歌群自体の分析を通して考えるべきものであろう。とは言え、この宴席が歌好きの新任の国守のために企画されたものであったことは確実である。

3

以下、右の宴席歌群を一首ずつ検討して行くことにしたい。

家持、女郎花を愛で、開宴歌とする

まずは、守の家持が開宴の歌（1）を披露している。この年の八月七日は太陽暦の八月二十七日（岡田芳朗ほか編『日本暦日総覧　具注暦篇　古代中期1』本の友社・一九九三）。したがって、「秋の田の　穂向き見がてり」は、稲の収穫期が近づき、越中国内の今年の作柄を見て回ったことを示す。「属郡に巡り行いて、（中略）農功を勧め」（戸令33）ることは国守の務めだが、この時は着任したばかりの国守に代って、池主が国内を巡ったのであろう。

池主はそうした公務のついでに、ちょうど花期にあたっていたオミナエシの花を手折って来た。それを花器に挿し、宴席の飾りとしたのであろう。家持は、池主のそうした行為を風流なものとして歓迎し、「我が背子が　ふさ手折りける　女郎花かも」と、そのオミナエシを愛でる歌をなしたのだ。

『万葉集』中の「をみなへし」は、一字一音の仮名書きの例を除くと、「佳人部為」「美人部師」「娘子部四」「娘部志」「姫部志」「美妾」と、美女を連想させる表記が目立つ。宴席に女性の接待はつき物である。この「女郎花」も、実際の花のことではなく、池主が手配した接待役の女性の喩であった可能性もあろう。

この歌の「我が背子」は一般に、部下の池主を指すとされるが、それは通常恋歌に用いられる呼称である。

女から男に対して用いられるのだが、それはこの歌が女歌であることを示していよう。宴席に女性がいたならばなお一層、相聞的情調の漂う歌と受けとめられたことだろう。

池主、季節感を含む恋歌三首を披露する

池主の三首は、家持の歌を受け、季節感を前提とした恋歌である。また「我が背子」と呼び掛けた家持に対して、掾の池主は「君」と応じている（2）。これも女歌で、恋人を装った形であろう。

「女郎花　咲きたる野辺を　行き巡り」も、職務によって国内を巡回している様子には見えない。さらに、越中に赴任して何年か経った掾の池主が、国守の館を訪ねるのに「たもとほり来ぬ」と言うのも不自然である。

これについては、恋人の家に行くのに「人目を避けて遠回りする意」（小島憲之ほか『萬葉集④〈新編日本古典文学全集9〉』小学館・一九九六）とする注もあるが、「たもとほり」を遠回りの意とするのは、やや無理があろう。それは困惑の要素を含む語である。通常は男が女の許を訪れるものだが、これは女の身で男の許を訪ねることを装っていると考えた方がよい。すなわち、慣れない行為で困惑していることを示すと見てはどうか。いずれにせよ、これも女歌であり、家持と池主の歌はどちらも恋歌めかしたものだと認められる。打てば響く池主に、家持は慣れない越中の生活の中で、一緒に楽しめる相手のいたことを喜んだのではないか。

池主の二首目（3）は、完全に恋歌である。秋の夜は明け方が寒い、白たえの妹の衣手を着る手立てがほしいものだ、という意の一首。しかし、「衣手」（原文は「衣袖」）は袖のことだから、それを着たいと言うのはおかしい。そこで「袖から転じて、着物全体をいう」（上代語辞典編修委員会編『時代別国語大辞典　上代編』三省堂・一九六七）とされ、この歌がその例として挙げられている。確かに、『万葉集』中にはほかにも、袖ではな

く衣と見た方がよい「衣手」の例がある（三一六三、三七七八など）。やや疑問は残るものの、これは「着物全体」の意としておきたい。

三首目（4）は、「ほととぎす」の鳴き声を詠んでいる。私の住む地域では、ホトトギスは梅雨時に鳴くが、『万葉集』では夏の鳥として定着している。ここでは「過ぎにし」とされ、八月七日から見ると、「岡辺」でホトトギスが鳴いたのは過去のことであったことが示されている。その「岡辺」から「秋風」が吹いた。ホトトギスが「岡辺」で鳴いてから里で鳴くように、「秋風」も「岡辺」で吹いてから里に吹くもの、ということであろう。もうすぐ本格的な秋が来る、ということを示す。

『万葉集』の「秋風」は、寒く吹くものである。「よしもあらなくに」の「よし」（手立て、方法）は具体的に示されていないが、前の歌（3）に「妹が衣手　着むよしもがも」とあるので、それを指していることがわかる。「秋風」が寒く吹こうとしているのに、妻に逢う「よし」もないまま、すでに「秋風」が吹いている、といった感慨をうたっているのだ。単身赴任して来た家持の心情を思い遣った歌であろう。

『万葉集』の「ほととぎす」は、家持の用例が圧倒的に多い。一五四例中の六四例をも占める。家持は無類の「ほととぎす」好きだと言ってもよい。その家持と池主は同族である上に、かつて橘奈良麻呂の主催した宴席（巻八・一五八一〜一五九一）でも交流があり、旧知の間柄であった（本書「今宵は歓を尽くしましょう」参照）。ここで池主が、唐突に季節外れの「ほととぎす」を詠んだのは、そうした家持の好みを承知していたからに違いあるまい。その後池主は、越中時代の家持がもっとも信頼した歌友となったが、着任早々にこうした心遣いを見せたことも、その一因だったのではないかと思われる。

家持、望郷歌二首で応ずる

こうした池主の歌（4）が、家持の望郷の念をかき立てることになったのであろう。池主が詠んだ「秋風」を受けて、家持は「今朝の朝明　秋風寒し」（5）とうたっている。「遠つ人」は一般に「雁」の枕詞だとされるが、思いは実際の「遠つ人」（都の妻）に飛んでいたに違いない。もちろん、「雁」の「使ひ」と言えば、雁信の故事（『漢書』蘇武伝）が思い出される。漢籍の知識に基づき、「遠つ人」からの便りを期待しているのでもあろうが、冬の訪れを告げる渡り鳥ガンが飛来する時期が近づいた、という一首である。

とは言え、北陸地方にガンが飛来するのは、太陽暦の十一月一日前後（大後美保『季節の事典』東京堂・一九六〇）。「雁が来鳴かむ　時近みかも」と言うには早過ぎる。つまり、それほどに「雁」の「使ひ」を待ちわびている、ということであろう。

もう一首の歌（6）は、都から遠く離れた「夷」の地で月が経ってしまった、だけれども、出発にあたって妻が結んでくれた紐を解いたりはしていない、という意。妻が結んだ紐を解く・解かないという歌は類型が多く、典型的な恋歌的表現である。七月に着任したが、月が変わって、八月になったことを言うのであろう。

この歌のように、家持は越中で繰り返し「天離る夷」とうたっている。これが最初の例だが、その用例は越中時代に限られる。すなわち、越中を化外（天皇の徳が及ばないこと）の民の土地と認識していたのだが、そうした「夷」の意識を支えたものは唐の文化、すなわち外来文化によって育まれた貴族的で絢爛たる京の文化であったとされる（中西進「夷」『万葉史の研究』桜楓社・一九六八）。越中に赴任してから、家持は日々、都の生活との落差を感じていたのであろう。

池主、家持の気持ちを引き立てる

家持の歌を受け、池主も「天離る夷」とうたい出している（7）。「うたがたも」は、否定語と対応。「わけもなく」（『時代別国語大辞典　上代編』）の意。

都から遠く離れた「夷」の地にある私を、かりそめにも紐を解いている、すなわち別の女性と浮気をしているなどと、都の妻がお思いになるでしょうか、いや、そんなはずはありません、という一首である。「思ほす」は尊敬語だが、上司の妻坂上大嬢に対する敬意を示す。都の奥様は間違いなくあなたのことを信じていらっしゃいますよ、という趣旨の歌だと考えられる。

この「我」を、池主自身とせず、複数と見る注もある（小島憲之ほか『萬葉集④〈新編日本古典文学全集9〉』）。そうしないと、「思ほす」という敬語の説明がつかないからであろう。確かに、『万葉集』には「吾等」と表記して、複数を示すと見られるワレの例も存在する（二五〇、一二六九、一七〇五など）が、ここの原文は「和礼」であって複数形を示すものではない。また、そうだとすると、坂上大嬢は池主のことも信じている、ということになってしまう。その点でも、複数とする説はしっくり来ない。

一方で、「座に侍する女性などの立場を、代つて歌つたのではないかと思ふ。つまり、家持が京の妻を思ひ紐を解かぬといふ歌を聞いて、座にある美人どもが、私のやうな田舎者では、どうせ駄目なのでせうといふ気配を見て取つて、池主が代つて作つたのであらう」（土屋文明『萬葉集私注八〔新訂版〕』筑摩書房・一九七七）とする読みも示されている。

すでに述べたように、この宴席には女性が侍っていた可能性がある。その場合は、「我」は遊行女婦を指す。すなわち、あなた様ほどのお方が、田舎者に紐を解くなどと、立派な奥様がお思いになるでしょうか、といったニュアンスとなって、それは家持を持ち上げつつ、都の妻に対しても敬意を表したことになろう。それでも疑問は残るが、宴席歌としてはこう理解した方が適切であろう。

家持、朴念仁を装う

妻の結んだ「紐」を詠んだ歌は家持から始まっている(6)が、池主の歌(7)を聞いて、家持はもう一首「紐」にまつわる歌(8)を作っている。それは、家で妻が結んだ紐を解き放ったりせず、一途に思っている私の心をほかの誰が知ろうか、という意の一首である。「君(池主)以外の誰が知ろうぞ」(小島憲之ほか『萬葉集④〈新編日本古典文学全集9〉』)の意とする注もあるが、そうではあるまい。それは、都の妻以外の誰が知ろう、という意で、詠嘆の「も」はそれを強めている。池主の歌を聞いたからこそ、あえて自らの朴念仁ぶりを強調して見せたのであろう。おそらく、宴席は和やかな笑いに包まれたに違いない。

八千嶋、家持を唆す

このような上司たちの歌の遣り取りを、八千嶋はそばに控えて、しばらくは静かに拝聴していたことになる。その歌(9)は、そうした遣り取りの後に披露されたものだが、表面的に口語訳をすれば、ヒグラシの鳴いた時には、オミナエシの咲いている野辺を、行きつつぜひご覧なさい、というほどの意。

「べし」は「~するがよい・~ねばならないという勧誘ないしは命令の意を表わす」(『時代別国語大辞典 上代編』)。そこで、「ぜひご覧なさい」と口語訳してみたのだが、それにしても、なぜヒグラシが鳴くとオミナエシを見るべきなのか。これが単独の短歌であったなら、まったく意図がわからない。

ところが、この歌は望郷の念の漂う家持の歌に続いている。したがって、この歌にはそれを忘れさせるような含意のあったことが予想される。たとえば「美しい花を見て心を慰めるがよい」(橋本達雄『萬葉集全注 巻第十七』有斐閣・一九八〇)と見る注もあるが、そうではあるまい。ヒグラシの鳴く夕暮れは、女の許に通う時間である。いやいや、そんなにお堅いことはおっしゃらずに、ヒグラシの鳴く時は、「女郎花」の咲いている野辺にでも行って見るべきですよ、ということで、この「女郎花」は女性の喩と見るべきであろう。

「つつ」は「動作の反復・継続を表わす」（『時代別国語大辞典　上代編』）。つまり、「女郎花」の咲いている「野辺」に繰り返し行き、見ることを促している。単身赴任の生活を楽しんで下さい、と勧めているのだ。年配の八千嶋が若い国守を唆しているような趣だが、年の功と言うべきか、宴席はまた、和やかな笑いに包まれたことであろう。

話題を宴席に飾ったオミナエシに戻し、家持の歌（1）と池主の歌（2）が意識されている点でも、それは適切で気の利いた一首であったと考えられる。

僧玄勝、古歌を披露する

ここで、僧玄勝によって「古歌」（10）が披露された。割注に「大原真人高安の作」とされるが、和銅六年（七一三）に従五位下を授けられている高安は、おそらく持統朝（六九〇〜六九七）初期の生まれ。天武天皇の皇子の一人長皇子の孫で、天平十一年（七三九）に臣籍に下ったが、同十四年（七四二）には没している。父旅人と交流のあったことが知られる（巻四・五七七）ものの、家持との接点は見られない。また、玄勝は伝未詳。すでに述べたように、国分寺の僧かとする注が多い。

「古歌」は、妹の家に行くという「伊久里の杜の　藤の花」を、また来ようとしている春も、ずっとこのようにして見よう、という意の一首である。「伊久里の杜」は所在地未詳だが、「かく」は「現実の状態を指示しつつ動詞を修飾」（『時代別国語大辞典　上代編』）する語だから、「藤の花」を「常かくし見む」という歌句は、季節的にこの場にそぐわない。女の許に行くことを暗示した八千嶋の歌（三九五二）を受けて、「妹が家に伊久（行く）里」と続けたのかも知れない（伊藤博『萬葉集釋注九』）が、そうであったにしても、季節外れであることは隠れようもない。

むしろ、歌の披露が途切れて、しばらくとりとめのない会話が続いた中で、家持の父とも交流のあった高安のことが話題に上り、そう言えばこんな歌がありました、というような展開で、披露されたものだと見てはどうか。

宴席では必ずしも、切れ目なく歌の披露が続くわけではあるまい。時に会話が盛り上がったり、料理に舌鼓を打ったりすることで、歌が途切れることもあった、と見た方が自然である。この「古歌」も、それ以前の歌の流れが途切れ、話題が転換された後に披露されたものだと見た方がよい。

家持、気分を変える

その後また、歌の披露が途切れたのであろう。すでに「雁」の「使ひ」の歌(5)が披露されていたが、家持が話題をそこに戻している。一首(11)は、やはり雁信の故事を踏まえ、「雁がね」は今頃、そろそろ使いに来ようと鳴き騒いでいることだろう、秋風が寒いので、北の方の国の川べりで、という意。次第に夜が更けて来て、さすがに越中の夜は気温が下がって来たのであろう。望郷の色合いの濃い歌である。

家持はもう一首披露している(12)が、それは一首目(11)とまったく趣が異なる。望郷の歌ではなく、八千嶋の歌(9)の「行きつつ見べし」を意識したものであろう。皆で馬を並べてさあ行きましょう、渋谿(富山県高岡市渋谷)の清らかな磯に寄せる波を見に、という一首。近隣の景勝地に皆で出掛けよう、という歌である。酒も入り、だいぶ気分が盛り上がって来たのかも知れない。

土師道良、終宴を促す

いいですねえ、それでは近いうちになどと、話が盛り上がっているうちに、すっかり時間が経過してしまったに違いない。七日の月の入りは早い。国守の館は二上山（標高二七三メートル）の東側の山裾にあるから、夜が更けると、確かに月はその山陰に隠れたことだろう。

そこで、史生の土師道良のお開きを促す歌（13）が披露されることになった。夜もだいぶ更けて参りました、二上山に月も傾きました、という歌である。それまで黙って上司たちの遣り取りを聞いていた道良が、野暮な役割を買って出た形だが、この後に歌はない。この日の宴は、この歌をきっかけにお開きとなったのであろう。

4

ここでは、家持と池主の歌々の分析に力を注ぐ結果となった。宴席の中における八千嶋の歌を十全に理解するためには、それがどのような流れの中で披露されたものなのかを、きちんと見据えなければならないからである。またそれは、この宴席の中心が家持と池主だったからでもあった。当然、下僚の八千嶋は脇役に徹しなければならない。したがって、必ずしも個人的な心情を吐露すればいいというものではない。とりわけ、これは職場の宴席である。身分秩序を考えないわけには行かない。たとえ本心であろうがなかろうが、その場の雰囲気に応じて、適宜ふさわしい歌が求められたのだ。

この宴席において、さすがに家持と池主は次々と歌を繰り出しているが、僧玄勝の「古歌」は、ややピント外れのように見える。また、もっとも下僚の土師道良は進んで野暮な役を引き受けたが、八千嶋は上司たちの歌を黙って聞いた後に、なかなかいいタイミングで宴を盛り上げる歌をなしている。望郷の念のにじむ家持の気持ちを引き立てようとしたのであろう。宴席歌に習熟している様子を見せてはいるが、なぜかその後、八千嶋の歌は一首しか見えない。あるいは、ほどなく転任し、越中から姿を消したのかも知れない。

宴席における渡来系氏族の人々の活躍については、別に述べたことがある（拙稿「東アジアの中の『万葉集』」『万葉集と新羅』翰林書房・二〇〇九、同「東国――渡来系の開拓者たち――」高岡市万葉歴史館編『風土の万葉集』笠間書院・二〇一二）が、平城京における歌文化は、有史以来この列島に住んでいた人たちだけが担っていたわけではなかった。渡来系の人々もその一翼を担っていたのだが、秦八千嶋もその一人だったということは、当面の歌を見れば明らかであろう。

ともあれ、一首だけ読んだのではわからないが、こうして宴席歌群全体の流れを確認することによって、八千嶋の歌がなかなか洒脱で適切なものであったことがわかって来る。家持が八千嶋の誘い掛けに応じて羽を伸ばしたかどうかは不明だが、その気さくな歌に心を和ませたに違いない。

何がいい歌かといった物差しは、決して一つだけではない。職場の宴席に侍した八千嶋のような下級官僚にとっては、新たに赴任した上司の心を和ませる歌こそ、もっとも適切な歌だということになろう。言われるように、新任国守の歓迎の宴であったか否かは判断できないものの、この日の家持は、十分に楽しい時間を過ごしたのではないかと思われる。

枕と二人で寝ましょう——大伴坂上郎女

大伴坂上郎女の歌二首

ひさかたの　天《あめ》の露霜《つゆしも》　置《お》きにけり
家《いへ》なる人《ひと》も　待《ま》ち恋《こ》ひぬらむ
（巻四・六五一）

玉守《たまもり》に　玉《たま》は授《さづ》けて
かつがつも　枕《まくら》と我《われ》は　いざ二人《ふたり》寝《ね》む
（巻四・六五二）

1

一般に伝記的な資料の少ない古代の女性の中にあって、大伴坂上郎女は例外的にそうした資料に恵まれているように見える。その中心となるのは、『万葉集』中に見られる次のような左注である。

Ｉ　右、新羅国の尼、名を理願といふ。遠く王徳に感《かま》けて、聖朝に帰化しぬ。時に大納言大将軍大伴卿の家に寄住して、すでに数紀を経たり。ここに、天平七年乙亥を以て、忽《たちま》ちに運病に沈み、すでに泉界に趣く。ここに、大家石川命婦、餌薬の事によりて有間の温泉に行きて、この喪に会はず。ただし、郎女独り留まりて、屍柩を葬《はぶ》り送ることすでに訖《をは》りぬ。仍りてこの歌を作りて、温泉に贈り入る。
(巻三・四六一左)

Ⅱ　右、郎女は佐保大納言卿の女《むすめ》なり。初め一品穂積皇子に嫁ぎ、寵をかがふること類なし。しかくして皇子薨ぜし後時に、藤原麻呂大夫、郎女を娉《よば》ふ。郎女、坂上の里に家居す。仍りて族氏号《やからなづ》けて坂上郎女といふ。(巻四・五二八左)

Ⅲ　右、坂上郎女は佐保大納言卿の女なり。駿河麻呂は、この高市大卿の孫なり。両卿は兄弟の家、女孫は姑姪《をばをひ》の族なり。ここを以て、歌を題《つく》りて送答し、起居を相問す。(巻四・六四九左)

Ⅳ　右、大伴坂上郎女の母石川内命婦と安倍朝臣蟲満の母安曇外命婦《げみやうぶ》とは、同居の姉妹、同気の親なり。これによりて郎女と蟲満とは、相見ること疎からず、相談らふこと既に密《こま》かなり。聊かに戯歌を作りて問答をなせり。(巻四・六六七左)

Ⅴ　右、田村大嬢と坂上大嬢とは、ともに是右大弁大伴宿奈麻呂卿の女なり。卿、田村の里に居れば、号けて田村大嬢といふ。但し、妹坂上大嬢は、母が坂上の里に居れば、仍りて坂上大嬢といふ。時に、姉妹諮問《とぶら》ふに歌を以て贈答す。(巻四・七五九左)

まずは、ⅡⅢによってその父親が、Ⅳによって母親が知られる。父は佐保大納言、すなわち大伴安麻呂で、伝統ある武門の当主であった。母は石川命婦と呼ばれる女性である。またⅡは、最初の結婚相手が穂積皇子であったことを伝え、その穂積の没後には、藤原麻呂が坂上郎女のもとに通ったこと、その住居が「坂上の里」にあったこと、坂上郎女という呼称も住居に因むものであること、などを伝えている。そして、Vによって、麻呂のおとないの後、同族の宿奈麻呂と結婚し、坂上大嬢という娘を儲けて、「坂上の里」で子育てをしたことも知られる。

さらに、Iによれば、長年佐保大納言家に「寄住」していた新羅の尼理願が没した時に、有間温泉（神戸市北区の有馬温泉）で療養中の母の石川内命婦になり代わって、その葬儀全般を取り仕切ったこともわかる。すなわち、坂上郎女は天平七年（七三五）当時、大伴家という古い由緒を持つ大氏族の中心的な女性であったことを窺い知ることができるのだ。

もちろん、坂上郎女の伝記的な事実を伝える資料は、右ばかりではない。他の歌々の題詞及び題詞下の注などによって、知られる事実も多い。したがって、こうした資料を基にして、それぞれの事柄の年次を考証しつつ年譜を作成し、その中に八四首という、『万葉集』の女性歌人の中でもっとも多い作品をはめ込んで行けば、坂上郎女の生涯と、その作歌活動の全体像が浮かび上がることになる。

近年では、作者の実人生と作品を直結するような形での歌人論の限界も指摘されており（平成十七年度上代文学会秋季大会のシンポジウム「歌人論の行方――額田王をめぐって――」）、そうしたスタイルの研究は少なくなって来ている。しかし、坂上郎女に関しては、まだ幾分かの有効性を残しているようにも見える。たとえば、母の立場で作られたとされる歌々だが、それは年齢考証なくしてはあり得ないものである。

とは言え、そうした捉え方は時に循環論に陥る危険性を孕んでいることも、承知しておかなければならない。『万葉集』の記述を基にして伝記を構成した上で、その伝記を根拠に『万葉集』の歌を読むことになるからである。そうした危険性を回避するためのもっとも簡単で効果的な方法は、右のような左注を、伝記的な資料として使用しないことであろう。

そもそも、右はあくまでも歌の左注である。Ⅰの「仍りてこの歌を作りて、温泉に贈り入る」や、Ⅱの「ここを以て、歌を題りて送答し、起居を相問す」、Ⅳの「聊かに戯歌を作りて問答をなせり」などといった文言を見れば明らかなように、それは直前の歌に対する補助的な説明にほかならない。換言すれば、『万葉集』の編者が個々の歌をどのように読ませようとしているのか、という注だと言ってもよい。

したがってここでは、Ⅰ～Ⅴのような左注は、直前の歌の理解を助けるための情報としてのみ受け取り、そこで与えられた情報は原則として他の歌々には及ぼさない、という立場を取りたいと思う。先入観となる情報を極力排除し、個々の歌とその題詞（左注がある場合はそれを含めて）に忠実に一首一首の歌を読み解いて行く（小野寺静子「唱和の可能性――万葉集巻四・六五〇～六五二歌――」「北海学園大学大学院文学研究科『年報　新人文学』」五号・二〇〇八）ということだが、それは取り立てて特別なことではあるまい。歌集の中の歌を読む態度としては、むしろ当然のことではないかと考えている。

すなわち、この稿は必ずしも、八世紀に実在した坂上郎女という女性の作った歌を読むことを目的としたものではない。『万葉集』という歌集の中の坂上郎女の歌をどう読むかという試みだが、同時にそのネガのように、坂上郎女の実態が浮かび上がって来るのではないかと思われる。

2

ここで問題にしようと思うのは、冒頭に掲げた二首である。それはいずれも、母親としての坂上郎女の心境を反映した歌だとする見方が一般的である。近年の注釈書も、たとえば「女手一つで育てた娘を手離した、半ば安堵、半ばあきらめの心境を吐露した歌」（小島憲之ほか『萬葉集①〈新編日本古典文学全集6〉』小学館・一九九四）、「軽口の中に母親の微妙な心情が漂う」（伊藤博『萬葉集釋注二』集英社・一九九六）、「娘を婿に託した母親の心情」（佐竹昭広ほか『萬葉集一〈新日本古典文学大系〉』岩波書店・一九九九）、「六五二は、娘、おそらく二嬢の婚約がととのった際の母親の気持ちを詠んだもの」（阿蘇瑞枝『萬葉集全歌講義二』笠間書院・二〇〇六）などと、一様に母親としての作だとしている。

とは言え、この歌の題詞には、作歌事情が一切記されていない。また、左注も存在しない。したがって、作歌年次も作歌事情も不明。ただ、坂上郎女の歌だということだけを手がかりに読んで行くしかないものである。ところが、題詞に用いられた「郎女」という呼称は敬称であって、旅人を「大宰帥大伴卿」（巻三・三三八題）「大納言大伴卿」（巻三・四五四題）などと記すのと同じである。敬称を用いたのが誰であったとしても、それは『万葉集』の編者が最終的に認めた本文である。したがって、その位置づけは、編者の価値観と世界観に基づくレンズを通して確認したものであったと見なければならない（拙稿「古代日本におけるグローバル化をめぐる問題――大伴坂上郎女と平城京――」『万葉集と新羅』翰林書房・二〇〇九）。そこに坂上郎女の等身大の姿を見ることは、たいへん危険であろう。

周知のように、巻四は概ね作歌年次順に配列されている。その中では、神亀五年（七二八）頃から天平二年（七三〇）頃までの歌を含む、筑紫歌群（巻四・五四九～五七六）のだいぶ後に位置し、すでに青年時代の大伴家持の歌も登場している。したがって、天平七、八年頃の歌と見られている（小野寺静子「唱和の可能性――万葉集巻四・六五〇～六五二歌――」先掲）。確かに巻四は、そういう時期の坂上郎女の作として右の二首を読み取らせようとしている、と見てよいのかも知れない。

だとすれば、四十歳に近い坂上郎女の作ということになるが、坂上郎女の年齢に関する考証は、当該歌の外側の問題である。しかも巻四は、作歌年月と干支を明記することを原則とする笠金村の行幸従駕歌（五四三～五四八）のような一部の例外を除いて、作歌年次を明示していない。すなわち、巻四はその基本方針として、個々の歌を読ませる上で作歌年月という情報は必ずしも必要でない、という立場を取っていると見做すことができる。したがって、伝記と歌とを直結して、母親としての偽らざる心境の吐露のように歌を理解する立場に与するつもりはない。そこで、まずは歌の外側の情報は一切排除して、その表現を子細に分析してみることにしたい。

周知のように、「ひさかたの」は枕詞。かかり方は不明だが、「天」「雨」などを導き出す定型的表現である。その原義も不明。「久堅」という原文を前提とすれば、この歌の場合は「天」を永遠に堅固なものとするイメージで捉えていることになろう。それは、神々の世界の謂だから、「露霜」の「置く」ことを神々のなす業であり、動かし難いものとして理解している、と見ることができる。「人間の力を越えたところで起きた自然現象」（小野寺静子「大伴一族の中の坂上郎女」（『大伴坂上郎女』翰林書房・一九九三）だと言ってもよい。また、「露霜」という表現は、秋の歌に多い。その点からすれば、これは秋の夜長のイメージかも知れない。

「けり」は、「過去の事実、過去から継続して存在した事実、または現在の事実を、その存在や意義や理由などが、いまにおいてはっきり認識されるにいたった、という形で述べるのに用いる」（上代語辞典編修委員会編『時代別国語大辞典　上代編』三省堂・一九六七）と説明される。すなわち、坂上郎女の場合は、思いのほか夜が更けていて、気温も下がって来て、すでに「天の露霜」が降りていたという事実に、何かの拍子に、はたと気づいたのである。つまり、時を忘れていたのだ。

「家なる人」には、二つの見方がある。一つは、娘婿に与えた歌だとする見方で、「坂上の郎女が、自分の女子を与えた男に対し、早くお帰りなさい、あなたの新妻なるわたくしの子も、あなたの家で待つているでありましよう」(武田祐吉『増訂 萬葉集全註釋 五』角川書店・一九五七)の意とする説である。もう一つは、大宰府あるいは庄などに滞在していた時の作で、「家に残して来た大嬢たちをさしたものか」(小島憲之ほか『萬葉集①〈新編日本古典文学全集6〉』)とする説である。

後者だとすれば、「も」は、自分も同じ気持ちである、ということを意味している。ところが、前者の場合は、「新妻なるわたくしの子」も同じ気持ちだということであって、そこに自分は含まれていない。しかし、「大伴坂上郎女の歌二首」とのみある題詞に基づいて考えれば、「家なる人」は、坂上郎女自身にとっての「家なる人」だと見なければなるまい。また、この歌は作者である坂上郎女の心情を示すものと理解するしかない。したがって、私(坂上郎女)も「家なる人」のことが恋しくなって来たが、「家なる人も」私のことが恋しくなっているだろう、という意だと考えるべきであろう。

それにしても、「家なる人も　待ち恋ひぬらむ」と、わざわざ相思相愛であることを言って、相手に帰宅の意志を伝えようとするこの歌は、いったいどのような時に作られたものであろうか。

この歌と似たような歌がある。

憶良らは　今は罷《まか》らむ／子泣くらむ／それその母も　吾を待つらむそ
(巻三・三三七)

という一首で、やはり、首を長くして待っている人のいることをうたったものである。その題詞には「罷宴歌」とあって、宴席を中座する時の歌であることが明らかである。この歌の場合は、七十歳を超えた高齢の憶良だったからこそ、泣く子とその母親が首を長くして待っているので、という中座の言い訳が、ジョークになったのであろう。しかし、若い男だったら、そうは行くまい。ともあれ、実に気の利いた「立歌」だと言うべきであろうが、憶良の場合はやはり、年齢や経歴を抜きにして、その作品を読み取ることは難しい。

一方、坂上郎女には、そうした「立歌」に対する「引留め歌」（土橋寛『酒宴歌謡』『古代歌謡の世界』塙書房・一九六八）であったと見られる歌がある。これも「大伴坂上郎女の歌一首」とのみあるものだが、

出でて去なむ　時しはあらむを／ことさらに　妻恋しつつ　立ちて去ぬべしや　（巻四・五八五）

という一首である。これは、「妻恋」を理由に中座しようとする、野暮な男を揶揄する歌として読むことができる（本書「空気の読めない人ね」参照）。すなわち、よりによって、今出て行かなくてもいいんじゃないの、今はそんなタイミングじゃないでしょ、しかも、奥さんが恋しいなんて、ぬけぬけとわざとらしい言い訳までして中座をしようなんて、あなたって本当に空気の読めない人ね、と言っているのだ。「時しはあらむを」の「し」は強め、「を」は逆接である。つまり、その二つの助詞で、最低のタイミングであるということを強調している。こうして、坂上郎女に「立ちて去ぬべしや」という強い反語の形で引き留められたら、それを振り切って帰れる男は、そうはいないだろう。

当面の第一首は、「出でて去なむ」の歌と比べると、まだ穏やかな方である。それが宴席歌であるとすれば、お開きを告げる歌となろう。それを恋歌的なスタイルで詠んだところに、坂上郎女の個性が窺える。しかし、その題詞に宴席歌とあるわけではない。したがって、それはあくまでも「大伴坂上郎女の歌」として読まなければならない。だとすれば、楽しい時間を過ごし、つい時の経つのを忘れていた坂上郎女が、あら露霜が降りてしまっているわ、すっかり遅くなってしまったのね、早く帰らなければ、家にいる人も、私の帰りを恋しい気持ちで待っているでしょうから、と、自分の心情として帰りたいという気持ちをうたったの

だと考えることができる。

してみると、この歌は坂上家で詠まれたものではない、ということになろう。題詞に書かれていない以上、どこで誰と過ごしたのかという詮索はしないが、坂上郎女は「家なる人も　待ち恋ひぬらむ」と、一緒に楽しいおしゃべりをして過ごした人に、ウインクの一つもして見せたのではないか。その時、実際には家で待っている人などいなかったとしても構わない。むしろ、いないことが相手にわかっていた方がジョークになろう。つまりこの歌は、楽しい時間の余韻の中における軽口のようなものではなかったか。それはやはり広い意味での宴席歌だと言ってよい。

3

さて、もう一首の歌を考えてみることにしよう。この歌についても、すでに娘を嫁に出した母親の立場での歌だとする見方が一般的である（東茂美「卞和の璧」『大伴坂上郎女』笠間書院・一九九四）。すなわち、「玉守に玉は授けて」とは、「自分の娘を玉にたとえ、その夫をその番人とみなしていう」（小島憲之ほか『萬葉集①〈新編日本古典文学全集6〉』）と見るのだ。しかし、繰り返すが、題詞には、誰に対してうたったものだということは書かれていない。したがって、この歌も伝記的な知見を抜きにして眺めてみる必要がある。

たとえば笠金村に、

見渡せば　近きものから／岩隠り　かがよふ珠を　取らずは止《や》まじ　（巻六・九五一）

という歌があり、この「珠」は思いを寄せる女性の喩とするのが通説である（拙稿「千年の《芸》」『万葉史の論山部赤人』翰林書房・一九九七）。もちろん、当面の歌の「玉」も同じく、思いを寄せる異性の喩と見ることができる。

とは言え、『万葉集』には夫を「玉」に譬えた例もある（巻二・一五〇）。この歌の作者も女性なので、「玉」は男性であり、「玉守」は女性だと考えることができる。また、原文の「玉主」を、文字通りタマヌシと訓めば（高木市之助ほか『萬葉集一〈日本古典文学大系4〉』岩波書店・一九五七）、それが女性であった可能性はより高いものとなろう。だとすれば、この「玉守」は歌の主体と同性であって、恋のライバルだということになる。しかし、そう考えた場合、一首目とは矛盾することになる。帰るのは男で、待っているのは女だ、ということになってしまうからである。

ならば、「玉」を女性と見てはどうか。帰ろうとする人（坂上郎女）が「玉」であるならば、帰られてしまう方の人にとって、「玉守」（男）は一首目の「家なる人」と同一人物を指す、ということになろう。その場合、歌の主体は一首目とは別の女性だと見なければならない。つまり、坂上郎女が一人二役をしたことになろう。

「玉は授けて」とされるが、周知のように、サヅクは「下のものに与える」（『時代別国語大辞典　上代編』）の意。この点からも、母親の歌とする理解が生まれて来たのであろうが、おそらくそうではあるまい。実際には引き留めに失敗したのだが、あたかも自分が下げ渡したかのように、強がりを言っているのであろう。

周知のように、ハという助詞は他のものと区別して、それを強く提示する働きを持つ。したがって、「玉は」授けたが、授けないものがある、という意味にほかならない。そして、授けなかったものは何かと言えば、「枕」である。とは言え、「玉」との価値の差は、非常に大きい。

第三句の「かつがつ」は「まあまあ。ともかく。せめて。十分でないのをこらえてする場合に用いる。モを従えて用いることが多い」（『時代別国語大辞典　上代編』）とされる。あるいは、「話し手が不本意、不十分と思いながらしかたなく或る事を行う場合に用いられる副詞」（阿蘇瑞枝『萬葉集全歌講義二』）とする説明の方がわかりやすいかも知れない。いずれにせよ、強気の弁である「授けて」に比べ、やや弱気になっているように見える。本音が顔を覗かせている、と見てよいのかも知れない。しかし、もちろん、それは決して本気ではあるまい。冗談めかしたものだと見た方がよい。

「枕と我は」というように、四句目にも判別指示の「は」が使用されている。「寝む」という行為が、その述語だが、一方に「玉」と「玉守」との「二人寝」が暗示されている。それに対して「枕」との「二人寝」は、

蟋蟀《こほろぎ》の　待ち歓ぶる　秋の夜を／寝る験《しるし》なし／枕と吾は　（巻十・二二六四）

という歌のように、本来「験なし」と言うべきものである。「枕」は「男女の情交にかかわって」（東茂美「卞和の璧」『大伴坂上郎女』）うたわれるものだからであって、「枕」との「二人寝」は不本意な姿だと言うしかない。「かつがつも」の前後の落差は、かくも大きいのだ。

『万葉集』の恋歌には〈一人寝〉の歌が数多く見られるが、結句の「二人寝む」は、そうした恋歌の常套的発想を裏返した表現であろう。「いざ」は「自分が積極的になにかをしようとするときに発する語」（『時代別国語大辞典　上代編』）だから、「枕」と「二人寝」というまぬけな状況に、自らを積極的に駆り立てていることになる。すなわち、私の大切なあなたは、あなたのいい人に授けることにして、と、まずは平然と物分かりのよいことを言いつつ、次の瞬間、不本意だけど、さあ、私は枕と一緒に寝ることにしようっと、と、自らのまぬけな姿をうたっているのだ。恋歌の一般的なパターンに乗せて〈一人寝〉をかこつ歌とはせず、あえ

て「枕と我は　いざ二人寝む」と肯定的にうたってみせたところに、笑いを取ろうとする意識を見て取ることができる。これは歌の主体から見た場合、自虐的ギャグであると言ってもよい。

このように、一首目の歌は、夜が更けようとする時に、突然、時間の経過に気づいて、そそくさと帰ろうとする女の歌であったと考えられる。それに対して二首目は、引き留めに失敗した女が、一応は物分かりのよい格好をしつつも、次の瞬間、自虐的なギャグで笑いを誘った歌だということになろう。

してみると、一首目は楽しい席を辞する坂上郎女の歌だったが、二首目は引き留めに失敗した側の歌だったということになる。一人の作者の歌としては矛盾しているが、当面の「二首」は掛け合いの形をとっていると見るべきであろう。坂上郎女が一人でなした掛け合いである。もちろん、二首目を男歌だと見てもよい。人麻呂をはじめとして、男性歌人が女歌をなすことは、『万葉集』では決して珍しいことではない。坂上郎女が男歌をなしたのだと見ることも可能であろう。

4

『万葉集』は一切作歌事情を記していないが、当面の「二首」は、実態としては宴席歌の範囲に含まれるものであったと考えられる。より具体的に言えば、それは親しい女性同士の果てしないおしゃべりの場であったと想像される。すなわち、一首目と二首目との間には、そんなに慌てて帰ることはないじゃないの、という相手の引き留めの言葉があったのではないか。それに対して、でも、やっぱり私は帰るわ、待っている人がいるから、といったような会話がなされた。そこで、さしずめ今のあなたはこんな気持ちね、ということで、私は枕と二人でおねんねするわ、という二首目の歌が披露されたのだと考えられる。すなわち、作者の立場で言えば、二首目はからかいの歌だが、そんな経過が想像できるのだ。

とは言え、繰り返すように、それはあくまでも「大伴坂上郎女の歌二首」として読ませようとされた歌である。したがって、それは親しい女性同士の歌の遣り取りを、坂上郎女が一人でなしたものだと見なければならない。換言すれば、この「二首」は、女性同士の唱和を一人で行なった坂上郎女の姿を伝えている、ということになろう。もちろん、二首目を男歌と見ることも可能である。その場合は、一人で男女の掛け合いをなした、ということになる。しかし、いずれにせよ、それは代作という意味ではない。相手が歌を詠まなくても、一人で歌の場を成り立たせてしまう、社交の具としての歌に長けた坂上郎女の姿を伝えている、と見るべきであろう。

ともあれ、こうした形で一首一首、確認の積み重ねを行なって行くことによって、『万葉集』の伝える坂上郎女像が浮かび上がることになる。

『万葉集』の宴席を考える――梅花の宴を通して

1

天平二年（七三〇）正月、大宰帥大伴旅人の邸宅における梅花の宴で披露された三十二首については、つとに表現の連鎖が指摘され、[*1]それを手かがりとして、座席の復元も試みられて来た。とりわけ、表現の連鎖と対応関係に注目しつつ、「対座」を基本とした座席まで想定した説[*2]は、歌群の読みをより精緻なものとしたことで、研究史的な意義が大きい。

確かに、宴席歌である以上、出席者の中における自己の相対的な位置を弁えたものであることが求められよう。また、次々と披露されて行く歌々が醸成する宴席の雰囲気や、出席者の気分の推移などを無視することもできまい。そういう意味で、宴席歌群に表現の連鎖や対応が見られ、類型的な表現が目立つことは当然のことかも知れない。類型性は同調と融和の証でもあり、宴席歌にとっては必須条件であったと言ってもよい。

そこでまずは、そうした梅花の歌三十二首を、その序とともに一読してみることにしよう。なお、序は説明の便宜上、A～Eの五段に分けておく。[*3]また三十二首の歌は、それぞれ作者の身分や立場の違いに応じて、罫線で三つに分けておくことにする。

梅の歌三十二首 并せて序

A天平二年正月十三日に、帥老の宅に萃《あつ》まりて、宴会を申べたり。

B時に、初春の令月にして、気淑《よ》く風和ぐ。梅は鏡前の粉を披《ひら》き、蘭は珮後の香を薫らす。

Cしかのみにあらず、曙の嶺に雲移り、松は羅《うすもの》を掛けて蓋《きぬがさ》を傾け、夕の岫《くき》に霧結び、鳥は縠《うすもの》に封《と》ぢられて林に迷ふ。庭に新蝶舞ひ、空には故雁帰る。

Dここに、天を蓋にし地を坐《しきゐ》にし、膝を促《ちかづ》け觴《さかづき》を飛ばす。言を一室の裏に忘れ、衿《ころも》を煙霞の外に開く。

淡然に自ら放し、快然に自ら足りぬ。

Eもし翰苑にあらずは、何を以てか情を攄《の》べむ。詩に落梅の篇を紀《しる》す。古と今と夫れ何か異ならむ。

宜しく園梅を賦して、聊かに短詠を成すべし。

正月《むつき》立ち　春の来らば　かくしこそ　梅を招《を》きつつ　楽しき終へめ　大弐紀卿　（巻五・八一五）
梅の花　今咲けるごと　散り過ぎず　我が家の園に　ありこせぬかも　少弐小野大夫　（巻五・八一六）
梅の花　咲きたる園の　青柳は　かづらにすべく　なりにけらずや　少弐粟田大夫　（巻五・八一七）
春されば　まづ咲くやどの　梅の花　ひとり見つつや　春日《はるひ》暮らさむ　筑前守山上大夫　（巻五・八一八）
世の中は　恋繁しゑや　かくしあらば　梅の花にも　ならましものを　豊後守大伴大夫　（巻五・八一九）
梅の花　今盛りなり　思ふどち　かざしにしてな　今盛りなり　筑後守葛井大夫　（巻五・八二〇）
青柳　梅との花を　折りかざし　飲みての後は　散りぬともよし　笠沙弥　（巻五・八二一）
我が園に　梅の花散る　ひさかたの　天より雪の　流れ来るかも　主人　（巻五・八二二）

梅の花　散らくはいづく　しかすがに　この城《き》の山に　雪は降りつつ　大監伴氏百代　（巻五・八二三）

梅の花　散らまく惜しみ　我が園の　竹の林に　うぐひす鳴くも　少監阿氏奥嶋　（巻五・八二四）

梅の花　咲きたる園の　青柳を　かづらにしつつ　遊び暮らさな　少監土氏百村　（巻五・八二五）

うち靡く　春の柳と　我がやどの　梅の花とを　いかにか分かむ　大典史氏大原　（巻五・八二六）

春されば　木末《こぬれ》隠りて　うぐひすそ　鳴きて去ぬなる　梅が下枝《しづえ》に　少典山氏若麻呂　（巻五・八二七）

人ごとに　折りかざしつつ　遊べども　いやめづらしき　梅の花かも　大判事丹氏麻呂　（巻五・八二八）

梅の花　咲きて散りなば　桜花　継ぎて咲くべく　なりにてあらずや　薬師張氏福子　（巻五・八二九）

万代《よろづ》に　年は来経《ふ》とも　梅の花　絶ゆることなく　咲き渡るべし　筑前介佐氏子首　（巻五・八三〇）

春なれば　うべも咲きたる　梅の花　君を思ふと　夜寐《よい》も寝なくに　壱岐守板氏安麻呂　（巻五・八三一）

梅の花　折りてかざせる　諸人《もろひと》は　今日の間は　楽しくあるべし　神司荒氏稲布　（巻五・八三二）

年のはに　春の来らば　かくしこそ　梅をかざして　楽しく飲まめ　大令史野氏宿奈麻呂　（巻五・八三三）

梅の花　今盛りなり　百鳥《ももとり》の　声の恋しき　春来るらし　少令史田氏肥人　（巻五・八三四）

春さらば　逢はむと思ひし　梅の花　今日の遊びに　相見つるかも　薬師高氏義通　（巻五・八三五）

梅の花　手《た》折りかざして　遊べども　飽き足らぬ日は　今日にしありけり　陰陽師礒氏法麻呂　（巻五・八三六）

春の野に　鳴くやうぐひす　なつけむと　我が家《へ》の園に　梅が花咲く　算師志氏大道　（巻五・八三七）

梅の花　散りまがひたる　岡びには　うぐひす鳴くも　春かたまけて　大隅目榎氏鉢麻呂　（巻五・八三八）

春の野に　霧立ち渡り　降る雪と　人の見るまで　梅の花散る　筑前目田氏真上　（巻五・八三九）

春柳　かづらに折りし　梅の花　誰れか浮かべし　酒坏の上に　壱岐目村氏彼方　（巻五・八四〇）

うぐひすの　音聞くなへに　梅の花　我家《わぎへ》の園に　咲きて散る見ゆ　対馬目高氏老　（巻五・八四一）

我がやどの　梅の下枝に　遊びつつ　うぐひす鳴くも　散らまく惜しみ　薩摩目高氏海人　（巻五・八四二）

梅の花　折りかざしつつ　諸人の　遊ぶを見れば　都しぞ思ふ　土師氏御道　（巻五・八四三）

妹が家に　雪かも降ると　見るまでに　ここだもまがふ　梅の花かも　小野氏国堅　（巻五・八四四）

うぐひすの　待ちかてにせし　梅が花　散らずありこそ　思ふ子がため　筑前掾門氏石足　（巻五・八四五）

霞立つ　長き春日を　かざせれど　いやなつかしき　梅の花かも　小野氏淡理　（巻五・八四六）

判で押したように、すべてが「梅（の花）」という語を詠み込んだ短歌だが、それは序Eの「宜しく園梅を賦して、聊かに短詠を成すべし」とする要請に基づくものである。また、しばしば〈散る梅〉が詠まれるのも、同じく序Eの「詩に落梅の篇を紀す。古と今と夫れ何か異ならむ[*4]」に応じたものにほかならない。序は主人旅人の手になるとする説[*5]が有力だが、三十二首は全体的に、宴の趣旨に賛同し、梅の花を愛でつつ交遊すること、すなわち同調と融和を意識して披露されたものであったと見ることができる。

とは言え、表現の連鎖と対応関係から座席まで想定することは、果たして可能なのか。表記の違いなどから、事前に用意された歌が含まれているとする説もあるが[*6]、連鎖と対応を認定する基準は必ずしも客観性のあるものではない。その程度の基準ならば、まったく別な座席の形を考えることも可能であるとする批判も[*7]、説得力に富む。また、歌の配列を無作為に入れ替えても表現の連鎖が成り立ってしまう、とする指摘もある[*8]。

さらには、「対座」を想定する説に従えば、次々と披露された歌を全員がすべて正確に記憶に留め、それぞれ自分の座席の位置に合わせて表現の連鎖と対応を考えつつ歌を成したことになるが、それには相当の記憶力と作歌の力量が必要であろう。まさに離れ業と言うべきだが[*9]、出席者全員が葛井連広成（巻六・九六二）や長忌寸意吉麻呂（巻十六・三八二四）のような即興の才の持ち主だったと考えているのか。しかし、大宰府の官人たちは当然、歌の力量によって選ばれたわけではない。

そもそも、「対座」を想定する説では、官位と職制がほとんど無視されている。律令体制の中で、それを無視した席次というものはあり得るのだろうか。たとえば『続日本紀』天平勝宝六年（七五四）正月条に、遣唐使の帰朝報告が見える。前年の正月、唐朝の官人と諸蕃の官人が長安の蓬莱宮含元殿で玄宗皇帝に朝賀した際、日本の席が新羅の下位に置かれたことに対して、副使の大伴古麻呂が猛烈に抗議し、席を交替させたとする記事である。古麻呂は、新羅は古来日本に朝貢して来たということを根拠としたのだが、この時の帰朝報告としては、このエピソードのみが伝えられている。正月の朝賀の儀に参列することが遣唐使の重要な使命であり、渡航の時期もそれに間に合うように設定されたとする説さえある[*10]。その席次が国家の威信に関わる最重要事項と見られていたことが知られる。

もちろん、律令官人たちの間でも、儀式や宴における席次は自己の存在意義に関わる重大事であったと考えられる。実際、『万葉集』中に見られる肆宴歌群の配列でも、官位を基本としていたことが窺える[*11]。官位と職制を考えずに、歌の表現のみから座席を考える説には、とうてい賛同することができない。

そこで本稿では、この梅花の宴がどのような宴席であったのかということを、まずは歌の表現とは別に、できるだけ具体的な史料に基づいて考えてみたいと思う。その際、もっとも重要なことは官位と職制であったと見られるが、それに基づく席次の試案も提示してみることにする。そして、そうした考察を通して、当該歌群を読み解くための基礎的な確認としたいと思う。

2

奈良時代の宴席で披露された歌や漢詩はかなり多く残されているが、席次などについてはほとんど伝えるところがない。しかし、気心の知れた仲間や親族だけの宴を別とすれば、席次を決めるもっとも無難な方法はやはり、官位と職制を基本とすることであろう。そこでまずは、職員令69[*12]によって、大宰府の官人組織を確認しておくことにする。それは、

○主神一人
○帥一人
○大弐一人　◎少弐二人
○大監二人　◎少監二人
○大典二人　○少典二人
○大判事一人　少判事一人　○大令史一人　○少令史一人
大工一人　少工二人　博士一人　○陰陽師一人
◎医師二人　○算師一人
防人正一人　佑一人　令史一人
主船一人　主厨一人　史生廿人

という形で、五十人によって構成されている。大宰府におけるさまざまな職務や行事における席次は、公的なものであれ、私的なものであれ、こうした律令に定められた官人組織と官位を基本としたものであったと

考えられる。

右のうち、梅花の宴で歌を披露していたのは、○印と◎印のポストの人たちである。○印は一人、◎印は二人、歌を披露している。併せて十七人となる。これに大宰府政庁の東側に隣接する観世音寺の別当笠沙弥が加わっている。満誓（俗名笠麻呂）である。四等官のうち、大監一人、大典一人、少典一人の歌が見られないが、大宰帥邸における宴席とは言え、全員が政庁を留守にするわけには行くまい。天皇の行幸の際にも留守官が置かれるのが慣例だった。彼らは留守官に指名されていた可能性があろう。

右の官職は必ずしも官位の順に並んでいるわけではないが、官位と職制に基づく配列であったことが確認できる。たとえば、帥（従三位相当）より前に主神（正七位下相当）が置かれているのは、中央における太政官と神祇官の関係と同じである（職員令1・2）。大宰帥の職掌の第一に、「祠社のこと」（職員令69）とあるように、政治はマツリゴトであり、何よりも神事が重視された。しかし、梅花の宴では主神の歌がトップに置かれたわけではない。

帥以下少典（正八位上相当）までの四等官は当然官位の順だが、大判事（従六位下相当）から少令史（大初位下相当）までは、それとは別に官位順に並べられている。四等官とそれ以外の官人は区別されていたのだが、梅花の宴における歌々の配列にも、この区別が反映している。また、大工から算師までは正八位上相当で、大初位下の少令史よりも上だが、大工以下は特殊な技能と知識を持つ者たちであった。これも職能によって別にされている。このように、梅花の宴の歌々は官位を基本としつつも、職制の違いをも考慮した配列であったことが知られる。

ここまでが大宰府の主要な官人たちである。この中には、出席したものの、歌が披露できなかった者や、当日は大宰府を留守にしていた者もあったに違いない。また、大判事以下にも留守官に任じられた者がいた可能性がある。少判事はその最有力候補であろう。

防人正（正七位上相当）は、算師よりも身分が高い。しかし、防人正・佑（正八位上相当）・令史（大初位下相当）は、算師以上の官人とさらに区別されている。彼らは国防の最前線に勤務しており、大宰府にいなかったのであろう。また主船は、主船司（職員令28）が難波津で官船の管理にあたったように、娜の大津に勤務していたはずである。彼らの歌が見られないのは、大宰府にいなかったからに違いあるまい。

最後に史生だが、彼らは下級の書記官で、無位であった。三十二首の最後の方に、官職の記載のない人たちが見られるが、官職のない者がこの宴席に出席していたとは考えにくい。越中守の館における宴でも、史生の土師宿禰道良が歌を披露している（巻十七・三九五五）が、彼らは史生だったのではないか。実際小野氏国堅は、天平十年七月の「写経司等公文」に「史生无位小野国方」とする署名が見える。[*13]また道良と同族の土師氏御道には、帰京の時の歌（巻四・五五七〜五五八）などが見られる。二十人のうち三人のみが出席しているのは、歌が詠めるということで、特に選ばれた者たちだったということか。[*14]いずれにせよ、このように見て来ると、やむを得ない理由のある者を除き、大宰府の主要な官人たちはほとんどがこの宴に出席していたことになる。

一方、この宴には大宰府が管轄する西海道諸国の官人たちも出席している。そこで、その組織も確認しておくことにする。職員令70〜73によると、それは次のような形になる。各国名の下の職名に○印を付したのが出席していた人である。

筑前国（上国）　○守一人　○介一人　○掾一人　○目一人

筑後国（上国）　○守一人　介一人　掾一人　目一人
豊前国（上国）　守一人　介一人　掾一人　目一人
豊後国（上国）　○守一人　介一人　掾一人　目一人
肥前国（上国）　守一人　介一人　掾一人　目一人
肥後国（大国）　守一人　介一人　大掾一人　少掾一人　大目一人　少目一人
日向国（中国）　守一人　掾一人　目一人
大隅国（中国）　守一人　掾一人　○目一人
薩摩国（中国）　守一人　掾一人　○目一人
壱岐国（下国）　○守一人　○目一人
対馬国（下国）　守一人　○目一人

地元筑前国は、さすがに四等官が揃って出席しているが、大宰府は「筑前の国を帯す」（職員令69）とされ、一体のものと見做されていた。彼らは大宰府の官人に準ずるものと見てよい。それ以外の十カ国で守が出席しているのは、筑後・豊後・壱岐の三カ国に過ぎない。また、その十カ国の四等官三十五人のうち、出席していたのは七人のみ。わずか二割に過ぎなかった。

平城京における元日朝賀でさえ、参列したのは在京の官人たちであって、たまたま入京中の官人は参列したものの、わざわざ地方から呼び寄せることはなかった。右の出席状況を見ても、西海道諸国に対して一斉に出席を求めたわけではなかったと断じてよい。

筑前守の山上憶良が旅人と昵懇であったということは、言うまでもあるまい。また筑後守は、旅人の「京に上りし後（中略）悲しび嘆きて作れる歌」（巻四・五七六）を残しており、大宰府在任中の旅人と親交のあったことが知られる。豊後守の大伴大夫は、三依とする説もある。[15] とすれば、やはり旅人との交流が窺えるが、官位の点で不審が残る。とは言え、旅人と同族であったことは間違いない。彼らは大宰府から比較的近い国の守であったばかりでなく、旧知の間柄だったからこそ、この宴に出席したのであろう。[16]

それ以外では、大隅・薩摩・壱岐・対馬という辺境の官人たちが出席している。「壱岐、対馬、日向、薩摩、大隅等の国は、鎮捍、防守、及び蕃客、帰化を惣べ知れ」（職員令70）とされ、この国々は通常の国司の業務のほかに、国防と外交をも担っていた。壱岐・対馬は新羅対策、大隅・薩摩は隼人対策に関わって大宰府を訪れていたとする説もある。[17] 確かに、この時期の対新羅関係は緊張感を増していた。また『続日本紀』（天平六年六月・七月条）には、この前年に、薩摩と大隅の隼人が朝貢したとする記事も見える。この時期、大宰府は辺境の国々と頻繁に連絡を取り合う必要があったことが窺える。彼らはそうした事情で大宰府を訪れていた人たちであろう。

このように、西海道諸国の官人たちの場合、大宰府の官人に準ずる者と、旅人との個人的な交遊が認められる者を除くと、たまたま府を訪れていた辺境の国々の官人たちだけであった。しかも、その五人中四人は「目」という微官の者である。しばしば「府管下諸国の国司がつどい[18]」といった趣旨の発言が見られるが、実は大宰府以外の官人たちは例外的な存在にほかならなかった。つまり、大宰帥の権威と職制によって集められた宴席であったとは言え、それはあくまでも大宰府内の催しだったと見なければなるまい。

3

正月十三日、大宰府の官人たちがこぞって帥の邸宅に参向したことになるが、それにはいったいどのような意味があったのか。それについては一般に、政治上の用務の間に催された一日の清遊とする説[*19]など、公務の合間を縫った催しだとされて来た。しかし、公的な催しであれ、私的な催しであれ、彼らが集まったのは、大宰帥の権威が尊重されてのことに違いあるまい。

正月の行事としては、儀制令18「元日国司条」に、

> 凡そ元日には、国司皆僚属郡司等を率ゐて、庁に向かひて朝拝せよ。訖りなば長官賀受けよ。宴設くることは聴せ。

という例が見える。これは、各国における元日朝賀の規程である。『続日本紀』によれば、平城宮でも元日の朝賀の後、宴を催すことが慣例だった。律令の規程にはないが、大宰府においても、元日には府の官人たちを集めて、同様のことが行なわれたはずである。しかし、降雨のため、平城宮の大極殿で行なわれる朝賀が三日に延期された例はあるものの[*20]、この宴は十三日。それが元日朝賀の直会（神事の後の酒宴）的な催しでなかったことは確実である。

因みに、雨で延期されたのは、臣下は屋外、すなわち大極殿前の朝庭で整列することが原則だったからである。梅花の宴を考える際にも、その点は記憶に留めておく必要があろう。

律令に基づき、各国で元日朝賀を行なった場合、大宰府までの移動の時間が必要となる。もっとも遠い大隅と薩摩から大宰府までは「行程上十二日。下六日」（『延喜式』巻二十四）。天候に左右されやすい島嶼部の場

合、対馬からは「海路行程四日」(『延喜式』)。対馬から博多までは直線距離で約一三〇キロ。[21]この規程は順調に行った場合であって、天候等によっては、もう少しかかることもあったに違いない。つまり、最低でも中六日おいて、八日以後でなければ、西海道諸国の守たちは大宰府に来られなかった。梅花の宴に西海道諸国の守三人が出席していたのは、十三日ならばそれが可能だったからであろう。逆に言えば、それでも出席していない守が多数を占めていたということは、諸国の官人たちにわざわざ出席を求めたわけではなく、やはり大宰府内の行事だったと見てよい。

その日が選ばれたのは、ウメの開花状況に合わせたのだとする見解もある。[22]確かに、それが最大の理由であろう。また、序Bの「気淑く風和ぐ」によれば、その日は穏やかな天候であったことが知られる。大極殿における元日朝賀でさえ、雨で延期されるのだから、梅花の宴も雨天の場合は中止されたに違いない。その日の朝天候を見て最終決定がなされた、ということではなかったか。

『続紀』によれば、同じ年の正月十六日には、皇后宮で踏歌(歌舞を中心とした宮廷行事)が行なわれている。梅花の宴は、そうした宮廷行事に応じて計画された風流だったとする説がある。[23]聖武朝は、唐の制度を急速に取り入れることで、国家的な儀礼を整備して行った時代であり、そうした中で、旅人は都と頻繁に連絡を取りつつ、唐の最新の流行をいち早く取り入れたと言うのだ。

皇后宮で行なわれたこの踏歌については、臣下出身の光明子の立后の社会的公認と、それに対する官人たちの服属を芸能行動によって示すことを企図したものだとする説がある。[24]強い政治性が認められるのだが、「五位已上と蕃客と文武百官の主典已上」が皇后宮に参上したと伝えられている。この踏歌の参加者は四百人ほどで、その規模と行事の内実に関してはかなりの違いがあるものの、官人たちがうち揃って訪れ、祝賀の気持ちを表わしたという点は、梅花の宴を考える際、とても参考になろう。

また、当時の宴席を考える際、たとえば天平十八年（七四六）正月の雪の肆宴（巻十七・三九二二〜三九二六）など、『万葉集』に見られる宮中の宴のありようも、とても参考になる。

天平十八年正月、白雪多く零り、地に積むこと数寸なり。ここに左大臣橘卿、大納言藤原豊成朝臣また諸王諸臣たちを率て、太上天皇の御在所中宮の西殿に参入り、仕へ奉りて雪を掃く。ここに詔を降し、大臣参議并せて諸王は、大殿の上に侍はしめ、諸卿大夫は、南の細殿に侍はしめて、則ち酒を賜ひ肆宴したまふ。勅して曰く、「汝ら諸王卿たち、聊かにこの雪を賦して、各その歌を奏せよ」とのりたまふ。

と伝える宴である。そこには五首の歌が載せられているが、その左注には太上天皇に歌を献上したものの、記録されずに失われてしまった歌の作者たちの名も、十七人載せられている（本書「歌が詠めないなら麝香を献上しなさい」参照）。つまり、二十二人もの官人が、そこで「雪を賦して、その歌を奏」したことになる。梅花の宴は三十二人だったが、これほど多くの官人が一つのテーマの歌をなした宴はほかにない。

厳然たる身分秩序に基づいて席が分けられている事実も、見逃すわけには行かない。雪の肆宴では「大臣参議并せて諸王」は「大殿の上」に侍したが、「諸卿大夫」は「南の細殿」に侍したとされている。三位以上・諸王と四位・五位とで席が分けられていたのだ。一方、梅花の宴の場合は、「主人」（旅人）以前の賓客の歌々（八一五〜八二二）と、それ以後に置かれた歌々（八二三〜八四六）の記名が、敬称法と卑称法とで書き分けられている。五位以上と六位以下との違いだが、そこを境として、各々の席も厳然と分けられていたことの証であろう。

三十二首から座席を想定する説は、「天を蓋にし地を坐にし、膝を促け」（序D）という文言を、そのまま信じたのであろうが、正三位の大宰帥から無位の官人までの全員が、同じく屋外にいたと見ている。しかし、序は王羲之の「蘭亭集序」の影響と見るのが定説[25]であり、初唐詩序の影響も指摘される[26]華麗な四六駢儷体の美文である。「蘭は珮後の香を薫らす」(B)「庭に新蝶舞ひ」(C)など、季節に合わない叙述も見られる。それは「観念的・理想的な美景[27]」であって、装飾過剰なその記述のすべてを、そのままに受けとめていいのかどうかは大いに疑問である。

また、三十二首にはしばしば〈散る梅〉が詠まれているが、これも季節に合わない。[28]すでに述べたように、それは「落梅の篇」(序E)に応じたもので、楽府(漢詩の一つのスタイル)の「梅花落」の詩群を基にしたものだとされる。[29]つまり、現実にウメが散っていようがいまいが、この日の趣向としては、そう詠むべきものだったのだ。

雪の肆宴は大極殿ではなく、「太上天皇の御在所」で行なわれたが、梅花の宴も大宰府政庁ではなく「帥老の宅」(序A)が会場だった。どちらも私的な空間で行なわれた私的な催しの形をとっていたことになるが、『万葉集』中の肆宴を見ても、むしろそれが常態だったと言ってよい。

歌の配列にも共通点がある。雪の肆宴は記録者と見られる大伴家持(従五位下)を最後として、それ以外は、橘諸兄(従一位)、紀清人(従四位下)、紀男梶(従五位上)、葛井諸会(外従五位下)と、官位の順に並べられている。記録されずに失われてしまった歌の作者たちの名も、原則として官位順に並べられている。[30]彼らの歌々があっても、やはり官位の順に並べられたに違いない。すでに確認したように、梅花の宴に関しても、官位と職制が基本であった。

女性の姿が見えないことも、この宴を特徴づける事柄の一つであろう。周知のように、『万葉集』の宴席にはしばしば遊行女婦が侍った。旅人の周辺にも児島の姿があった（巻六・九六五〜九六六）が、ここには見えない。その点も雪の肆宴と共通している。女性を侍らせるような性格の宴席ではなかったということであろう。

三十二首を見ても、恋がテーマではなく、梅を愛でつつ交遊を謳歌する歌が中心である。それはまさに、「翰苑」（序E）を催すことが目的であったと見てよい。「翰苑」とは唐の官名で、翰林院のことだが、ここは「文苑・詩壇などの意」[31]。文人を集め、詩を詠む集いのこととされる。旅人は出席者たちを文人と見做し、蘭亭の雅会のごとき清遊を企図したのであろう。

左大臣以下が太上天皇の御在所に参向したように、大弐以下が大宰帥の邸宅に参向している。そして、雪の肆宴で太上天皇に対して忠誠を誓い、御代を称える歌が披露されたように、梅花の宴ではこの日の宴席を寿ぎ、謳歌する歌々が披露されている。力量不足を原因として、その場の状況に即応していないように見える歌も含まれてはいるものの[32]、それらも宴席の気分に同調したものであったことは認めてよい。つまり、旅人以外の出席者にとっては、梅を愛でつつ、大宰帥に対して同調と融和の姿勢を見せることこそが、この宴に出席する最大の目的だったと考えられる。

逆に、雪の肆宴との違いを挙げるとすれば、それは旅人の歌が見られることである。大宰帥は「遠の朝廷」においては天皇の代行者であった。私的な宴とは言え、帥の歌が披露されたことによって、大宰府に理想的な君臣和楽の状況が出現した、ということになろう。踏歌は天皇から宴を賜った喜びと感謝を身体で表現したものとされるが[33]、梅花の宴の場合はそれを、大宰帥に歌を献上することを通して表わしたものだったと見ることができる。

4

三十二首を六つに分ける説も見られる。[*34] 帥の旅人が二つ目のグループに属することを想定する説だが、それは『万葉集』という歌集を読んだ結果であって、必ずしも梅花の宴の実態を考えたものではあるまい。律令制に基づく厳然たる身分秩序と、雪の肆宴のありようを考慮した場合、そうした説にも従えないように思われる。現実の宴席の場では、旅人は当然、第一のグループに属していなければなるまい。

そこで、この梅花の宴の席次を考えてみることにするが、筆者は三十二首を罫線で分けたように、上座の賓客と主人・陪席者・下座の客たちという三つに大別されていたと考えている。また下座は、さらに三つのグループに分けることができる。

周知のように、律令制では五位以上と六位以下との間に、さまざまな面で大きな断絶があった。宴席のありようを考える際にも、その点を外すことはできない。もう一つは、大宰府の官人か西海道諸国の官人か、ということ。監督官庁とその管轄下の官庁との違いである、と言ってもよい。それが席次にも影響を与えていたものと考えられる。

まずは、上座。大弐紀卿の歌（八一五）から主人の歌（八二二）までの八首である。ここに歌の載せられている人たちは、全員が五位以上の特権階級に属する。つとに「貴人ナレハ、名ヲ云ハス」[*35] と指摘されているが、敬称法的な記名の仕方も一致している。大宰府の官人は、次官の大弐（正五位上相当）と少弐（従五位下相当）。そして、従五位下相当の筑前守・豊後守・筑後守である。主人の旅人を除き、歌の配列は官位を基本としている。

葛井大夫は外従五位下だったが、相当官位に基づいて、ここに置かれたのであろう。また、『延喜式』の国郡図式で言えば、筑前・筑後・豊後の順でなければならないが、筑後守の葛井大夫が豊後守の後にされているのも、一人だけ外位だったからにほかなるまい。

雪の肆宴と同様、梅花の宴でも上座と下座は厳然と区別されていたはずである。とりわけ、正三位大宰帥の席が無位の官人たちと同じく、庭に設けられたとはとうてい考えられない。旅人や憶良は当然のこと、賓客の中には高齢者が多かった可能性が高い。「気淑く風和ぐ」（序B）日であったとは言え、この年の正月十三日は太陽暦の二月八日。まだ寒い時期である。「天を蓋にし地を坐にし」（序D）はあくまでも文飾であり、「言を一室の裏に忘れ」（序D）とあるように、旅人たちは「一室」にいたのであろう。庭の梅が見られるように、戸を大きく開け放っていたに違いないが、上座はやはり室内に設えられていたと見た方がよい。[*36]

主人旅人が、上座のもっとも高い位置にいたことは、言うまでもあるまい。邸宅の建物と庭園の形にもよるが[*37]、出席者全体を見渡せる位置に陣取っていたのであろう。そして、その前面の左右に賓客たちが向き合って並んだと見られるが、当然、左の方が上である。大宰府の官人三人（八一五〜八一七）が左で、西海道諸国の官人三人（八一八〜八二〇）が右、ということになろう。笠沙弥は出家前の官位（従四位上）が意識されて、上座に席が与えられていたことが窺えるが[*38]、世俗の身分制度の埒外に置かれたと見るべきか。旅人の歌友として、その右脇に侍っていたのかも知れない。

旅人が所定の場所に着座し、この日の宴の趣旨を一同に告知したことが、宴の始まりだったと考えられる。その趣旨は序に記されているが、その草稿を読み上げたのかも知れない。旅人自身が読み上げたのかどうかは不明だが、それに応じる形で、上座の者たちから次々と歌が披露されて行ったことが、歌の配列から窺える。
とは言え、上座で歌を詠み上げる声が、宴席全体に届いたかどうかは疑問である。歌はまず、木簡に認められたのではないか。大宰府でも大量の木簡が出土している[*39]が、近年次々と出土している二尺程度の歌木簡[*40]と同じ形のものだった可能性もある。それに認められた歌が、大弐の歌（八一五）から順に、陪席者によって朗々と詠み上げられたのであろう。「公文読み申さむこと」（職員令69）を職掌とする大典と少典が、その役を担ったものと思われる。

続く五首は、陪席者たちの歌々。肆宴では、正客以外で相伴に与る者たちは「垣下」と呼ばれる座に侍した例がある（巻二十・四四九三）が、この時は四等官のうちの判事と主典がそれにあたる。彼らも当然官位の順だが、大監（正六位下相当）の歌（八二三）に始まり、少監二人（従六位上相当）の歌（八二四、八二五）が続き、さらに大典（正七位上相当）と少典（正八位上相当）の歌（八二六、八二七）も披露されている。その席は賓客たちから比較的近い位置に置かれたのであろうが、彼らも左右に分かれたとすれば、当然大監と少監二人が左側で、大典と少典が右側だったことになる。大宰帥邸の建物の配置と庭園の形によるが、この陪席者たちは上座の建物の濡れ縁に控えていた、と考えるのが現実的であろう。

このように、上座の歌々は厳然たる身分秩序に基づき、粛々と披露されて行ったことが窺える。

5

大判事の歌（八二八）以下の十九首が、下座の歌となる。すでに述べたように、彼らが屋外にいたことは確実である。その席は、上座となった建物の前面に適宜配置されたことであろうが、それは三つのグループに分けられる。その第一群（八二八〜八三七）には、大判事（従六位下相当）以下の大宰府の官人たちの歌が並んでいる。

薬師は、職員令69には医師（正八位上相当）とされている。また、神司は同令に主神（正七位下相当）とされる神官である。このグループには、筑前介（従六位上相当）と壱岐守（従六位下相当）が含まれている。各国の幹部たち（四等官）だが、官位的には大判事（従六位下相当）よりも高い筑前介と、それと同等の壱岐守が、その下位に置かれている。

官位と職制を基準とすれば、筑前介、大判事、壱岐守、神司、薬師、陰陽師（正八位上相当）、算師（正八位上相当）、大令史（大初位上相当）、少令史（大初位下相当）という順でなければならない。ところが、歌の配列はそうなっていない。二人の薬師も別々に載せられている。このグループの歌々は、上座や陪席とは違って必ずしも官位の順ではなく、披露された順に配列されたのではないか。つまり、当初は身分秩序に基づき、序列通りに歌が披露されていたが、下座の人たちが歌を披露する頃になると宴の雰囲気がだいぶ変わって来ていた、ということを示しているのではないかと思われる。

大宰帥邸が平城宮跡の東院庭園のように池に面した形であったとすれば、彼らの席は池を挟んで南側の建物正面に与えられたことであろう。また、建物の前に十分な広さがあった場合は、その左右に、官位の順に席が設けられたことが想像される。当然、「地を坐に」（序Ｄ）していたはずだが、大宰府の官人は官位の順に左側に並び、諸国の官人も官位の順に右側に並んでいた、ということになる。邸宅の位置さえ不明なので、にわかに判断がつかないが、宴席の一体感が育める形を考えれば、後者の方がふさわしい。

下座の人たちはおそらく、一人一人恭しく上座の建物の正面に進み出て、自らの歌を詠み上げたのであろう。当然、事前に用意して来た歌もあったと見られるが、それは宴席が始まる前に配布された所定の木簡に認められたことであろう。そしてその木簡は、詠み上げられた後、陪席の大典（あるいは少典）に手渡されたのではないかと思われる。

雪の肆宴の序には「各その歌を奏せ」とされている。歌は太上天皇に奏上されるべきものだったが、梅花の宴では大宰帥に献上されるものだった。当然、それは儀礼的な意味を持っていた。したがって、大典はその歌木簡を主人旅人のもとに届けたはずである。それに対して、雪の肆宴で太上天皇が「酒を賜」ったように、旅人は「觴を飛ば」（序D）さなければならなかった。つまり、同調と融和の証である歌木簡の献上と、それに応えた賜酒こそが、梅花の宴のもっとも重要な儀礼であったということになろう。

献上された歌木簡に旅人が目を通した後は、誰かがそれを一括して記録したはずである。三十二首の表記にはある程度の統一性が見られるものの、そのうちの十二首の文字遣いは明らかに異なっているとする指摘がある。[*41] それらが事前に用意された歌だったと見るのだが、二十首についてはいきなり誦詠されたものを記録者が書き取った、と考えているのか。しかし、その場で作歌した人も木簡上で推敲しつつ一首をなしたと考えた方が現実的である。修正する際も、小刀で削れば済む。あるいは、下書き用と清書用の二枚の木簡が配られたことを想定した方が適当か。いずれにせよ、記録者は提出された木簡の表記をある程度尊重しつつ、自分なりの表記で書き記したと考えた方が穏当であろう。[*42]

記録を担当した者としては、大典の史氏大原が最有力候補であろう。史氏は「朝廷の文筆を掌る史を資養する部民である史戸の子孫と、かつてその部民を管掌していた渡来系氏族」[*43] である。また大典の職掌にも、「文案を勘署し、稽失を検へ出し、公文読み申さむこと」（職員令69）と見える。その職掌は、少典も同じだが、この時も、陪席者だったと見られる彼らが、日常の職務と同様、次々と披露される歌を記録して行ったのではないかと思われる。

下座の二つ目のグループは、「目」の歌々（八三八〜八四二）。たまたま日程が重なったため、心ならずも出席せざるを得なかった人たちの歌だと言ってもよい。ここは、同じ官職ということで席がまとめられていただけのことで、必ずしも顔見知りだったわけではあるまい。しかも、筑前国は上国、薩摩・大隅は中国、壱岐・対馬は下国で、その相当官位には差がある。上国は従八位下、中国は大初位下、下国は少初位上で、官位などに基づけば、筑前目・大隅目・薩摩目・壱岐目・対馬目という順になるが、ここでも歌の配列はそれと一致していない。下座の歌々は必ずしも官位に拘らず、やはり披露された順に配列されている、ということであろう。

旅人の周辺では、宴席で歌を披露することが慣例化していた。それは『万葉集』中の筑紫歌群から窺うことができる。したがって、上座の人たちは宴席で歌を披露する経験を、ある程度積んでいたはずである。それに対して下座の人たちの多くは、こうした「翰苑」にあまり馴染んでいなかったに違いない。中には、事前に歌を用意することもできず、作歌に手間取る人もいたことだろう。とりわけ辺境の国々の「目」は、困惑していたに違いあるまい。

最後に、下座の三つ目のグループだが、三人目の筑前掾（従七位上相当）門氏石足を除き、無位の史生である。そこで、彼らは「補助的な任に当たっていた者たちかも知れない」[*44]とされる。中でも筑前掾は、大宰府の事情に通じた者として、上座と下座との間を取り持ち、忙しく立ち働いていたのではないかと想像される。歌の提出が遅れたのは、そうした事情によると見られるが、その座席は必ずしも末席のグループではなく、筑前国の四等官の中にあったと見た方が穏当であろう。

このように、下座は官位と職制によって、三つのグループに分けられる。当然、席次もそれに基づいて決められていたものと考えられる。旅人から向かって左側に大宰府の官人たちが、また右側には諸国の官人たちと無位の者たちが、それぞれ官位の順に並んでいたものと想像される。旧知の間柄であった上座の人たちと比べ、下座はたまたま同席させられた者が多く、心ならずも歌を献上しなければならない人たちであった。この日の清遊を楽しみ、会話が弾んでいたとは考えにくい。

6

梅花の宴の序は旅人の意図であり願望であって、必ずしも出席者全員の思いではなかった。身分や立場によって、この宴席に対する思いにはかなりの違いがあったと見た方がよい。「三十二人が相継いで詠をなして、乱れぬ体系を完結した*45」とする見方もあるが、出席者一人一人の作歌の技量やこの宴に対する意識はさまざまであったと考えられる。旅人の一人相撲とまでは言えなくとも、「乱れぬ体系」なんぞ望むべくもなかったと見るべきであろう。

『万葉集』の研究史を振り返ると、かつて歴史的背景を確認することを基にして歌を読み解いた時代があった。しかし、やがてそれが否定され、歌の表現を緻密に読むことが求められるようになって久しい。とは言え、『万葉集』という歌集における歌の配列は必ずしも、その表現を前提として成り立つものばかりではあるまい。宴席歌には当然、律令社会における身分秩序が反映していたと見なければならない。それが官位と職制に基づく序列である。それを無視して読みを深めたところで、所詮現代的な読みでしかないのではないか。筆者には、砂上の楼閣のように思えてならない。

本稿で考えた席次等が想像の域を出ないものであることは、重々承知している。しかし、八世紀の資料に基づいて宴席の論理を考えてみなければ、古代の歌のありようは何も明らかにはならない。その基本が官位と職制であった。本稿は一つの可能性の提示に過ぎないが、宴席歌の読みは律令体制を背景とした儀礼とそれに基づくメンタリティーを前提としなければならない。その点は間違いないものと思われる。

個々の表現を分析することを通して、梅花の宴の歌々をどう読み解くか。もちろん、それが今後の課題となる。

【注】

*1　土居光知「『万葉集』巻五について」（『古代伝説と文学』岩波書店・一九六〇）。

*2　伊藤博「園梅の賦」（『萬葉集の歌人と作品　下』塙書房・一九七五）、大久保廣行「梅花の園歌群の展開」（『筑紫文学圏論　大伴旅人　筑紫文学圏』笠間書院・一九九八）。因みに、伊藤は次頁の図のような「対座」の形を考えている。

*3　小島憲之「天平期に於ける萬葉集の詩文」（『上代日本文學と中國文學　中』塙書房・一九六四）。

*4　小島憲之ほか校注『萬葉集②〈新編日本古典文学全集7〉』（小学館・一九九六）は、「詩」を廣瀬本に従って「請」とし、「請はくは」と訓むが、「詩」とする通説に従う。

*5　澤瀉久孝『萬葉集注釋　巻第五』（中央公論社・一九六〇）など。

*6　澤瀉久孝『萬葉集注釋　巻第五』久米常民「預作について」（『萬葉集の誦詠歌』塙書房・一九六一）、原田貞義「予作歌の饗宴——梅花歌三十二首の成立事情——」（『読み歌の成立　大伴旅人と山上憶良』翰林書房・二〇〇一）など。

*7　後藤和彦「梅花の歌三十二首の構成」（伊藤博ほか編『万葉集を学ぶ　第四集』有斐閣・一九七七）は、「円座」の形も想定できると言う。

梅花の宴配席図

正三位　主人
822

始

伴氏百代	正六位下	823		815	従四位下	紀卿
阿氏奥島	従六位上	824	←	816	従五位上	小野大夫
土氏百村	従六位上	825	←	817	従五位上	栗田大夫
史氏大原	正七位上	826	←	818	従五位下	山上大夫＊
山氏若麻呂	正八位上	827		819	従五位下	大伴大夫＊
丹氏麻呂	従六位下	828	←	820	外従五位下	葛井大夫＊
張氏福子	正八位上	829	←	821	無位僧	笠沙弥＊

上　席

下　席

＊佐氏子首	従六位上	830		845	従七位上	門氏石足＊
＊板氏安麻呂	従六位下	831	→	844	無　位	小野氏国堅＊
荒氏稲布	正七位下	832	→	843	無　位	土師氏御道＊
野氏宿奈麻呂	大初位上	833		842	大初位下	高氏海人＊
田氏肥人	大初位下	834	→	841	少初位上	高氏老＊
高氏義通	正八位上	835		840	少初位上	村氏彼方＊
磯氏法麻呂	正八位上	836		839	従八位下	田氏真上＊
志氏大道	正八位上	837	→	838	大初位下	榎氏鉢麻呂＊

納
846
無位　小野氏淡理＊

＊8　原田貞義「予作歌の饗宴——梅花歌三十二首の成立事情——」（先掲）。
＊9　原田貞義「それぞれの清客——梅花歌三十二首の成立事情再説——」（『読み歌の成立　大伴旅人と山上憶良』）に、出席者の大半が素人で作歌の力量の乏しさが歌語・歌想の貧困さの原因とする見方がある。
＊10　東野治之「遣唐使の旅」（『遣唐使船　東アジアのなかで』朝日新聞社・一九九九）。
＊11　拙稿「《天平万葉》の「肆宴」歌——その序説として——」（古代中世文学論考刊行会編『古代中世文学論考　第十集』新典社・二〇〇三）。
＊12　律令とその番号は、井上光貞ほか『律令〈日本思想大系3〉』（岩波書店・一九七六）による。以下同じ。
＊13　『大日本古文書　二十四』（東京帝國大學・一九三九）。
＊14　もう一人官職の記載がない小野淡理は、武田祐吉『増訂　萬葉集全註釋三』（角川書店・一九五六）に、小野朝臣田守ではないかとする説がある。天平十九年（七四七）正月に、従五位下を授けられている点からすると、この時無位であったとは考えにくい。不明と言うしかない。
＊15　契沖『萬葉代匠記〔初稿本〕』（『契沖全集』岩波書店・一九七四）。三依は天平二十年（七四八）に従五位下になっており、この年従五位下相当の豊後守だったとは考えにくい。
＊16　大久保廣行「梅花の園歌群の展開」（先掲）。
＊17　村山出「梅花の宴」（『憂愁と苦悩　大伴旅人・山上憶良』新典社・一九八三）、大久保廣行「梅花の園歌群の展開」（先掲）。
＊18　村山出「梅花の宴」（先掲）。また、稲岡耕二「梅花の宴」（『山上憶良』吉川弘文館・二〇一〇）は「九州治政の要人を集めた豪華な宴会」とし、岡野弘彦『万葉集秀歌探訪』（日本放送出版協会・一九九八）は、「筑紫の主要な官人たちを招いて」と述べ、岡崎弘也「梅花宴歌」（「薩摩路」五四号・二〇一〇）は「九州全域から太宰府に馳せ参じた」としている。
＊19　藤原芳男「梅花ノ歌の考察」（『萬葉作品考』和泉書院・一九八四）。

＊20　聖武朝に限っても、神亀四年、神亀五年、天平二年など、たびたび見られる。
＊21　『日本書紀』斉明天皇七年（六六一）正月条に、難波から伊予の熟田津までの約三百キロを、九日間で航行したことが見える。
＊22　大久保廣行「梅花の歌三十二首」（神野志隆光ほか編『セミナー万葉の歌人と作品　第四巻』和泉書院・二〇〇〇）。
＊23　李宇玲「風流と踏歌――天平宮廷文化の創出背景をめぐって――」（『古代宮廷文化論　中日文化交流史の視点から』勉誠出版・二〇一一）。
＊24　藤原茂樹「天平二年皇后宮踏歌考」（『美夫君志』五四号・一九九七）。
＊25　契沖『萬葉代匠記〔初稿本〕』（先掲）、古沢未知男「『梅花歌序』と『蘭亭集序』」（『漢詩文引用よりみた万葉集の研究』桜楓社・一九六六）など。
＊26　小島憲之「天平期に於ける萬葉集の詩文」（先掲）。
＊27　井村哲夫「蘭亭叙と梅花歌序――注釈、そして比較文学的考察――」（犬養孝博士米寿記念論集刊行会編『萬葉　文学・風土』塙書房・一九九五）。
＊28　梅花の宴が行なわれた正月十三日は、太陽暦では二月八日であった（岡田芳朗ほか編『日本暦日総覧　具注暦篇　古代中期1』本の友社・一九九三）。しかし、大宰府周辺でハクバイが満開になるのは二月の十五日過ぎ（大後美保『季節の事典』東京堂・一九六一）。まだ散る時期ではあるまい。
＊29　古沢未知男「『梅花歌序』と『蘭亭集序』」（先掲）、小島憲之「天平期に於ける萬葉集の詩文」（先掲）、辰巳正明「落梅の篇――楽府「梅花落」と大宰府梅花の宴――」（『万葉集と中国文学』笠間書院・一九八七）など。
＊30　従五位下図書頭の林王と正五位上大蔵大輔の穂積朝臣老のみが官位と逆の順になっているが、林王以前の六人は「王」であり、老以後は臣下である。身分制度に基づく配列という原則が守られていなかったわけではない。
＊31　阿蘇瑞枝『萬葉集全歌講義三』（笠間書院・二〇〇七）。
＊32　原田貞義「それぞれの清客――梅花歌三十二首の成立事情再説――」（先掲）。

＊33　＊24に同じ。
＊34　分け方は異なるが、稲岡耕二『萬葉集（二）〈和歌文学大系2〉』（明治書院・二〇〇二）と、阿蘇瑞枝『萬葉集全歌講義三』である。
＊35　契沖『萬葉代匠記〔精撰本〕』。
＊36　上座は室内にあったとする見解は、つとに渡瀬昌忠が示したと言う（伊藤博「園梅の賦」先掲）が、それは論文化されていない。
＊37　大宰帥の邸宅の遺構は、まだ確認されていない。西谷正「大宰府研究の現在――万葉集と考古学――」（「上代文学」一〇七号・二〇一一）によれば、都府楼跡（太宰府市観世音寺）の南約七〇〇メートルの所にある榎社（菅原道真の邸宅跡とされる）付近が有力であると言うが、不明。
＊38　＊31に同じ。
＊39　『大宰府史跡出土木簡概報（一）』（九州歴史資料館・一九七六）。また、『大宰府史跡　昭和58年度発掘調査概報』（九州歴史資料館・一九八四）によれば、「天平六年四月廿一日」という記述の見える木簡も出土しており、天平期に大宰府で木簡が使用されていたことが確認できる。
＊40　栄原永遠男「木簡として見た歌木簡」（「美夫君志」七五号・二〇〇七）。ただし、『懐風藻』（六五序）に見える長屋王邸の宴席では、紙が用いられたことが知られる。
＊41　原田貞義「予作歌の饗宴――梅花歌三十二首の成立事情――」（先掲）。
＊42　稲岡耕二「梅花歌三十二首」（『萬葉表記論』塙書房・一九七六）は、「作者それぞれの文字遣いを残す」としている。
＊43　坂本太郎ほか監修『日本古代氏族人名辞典』（吉川弘文館・一九九〇）。
＊44　＊31に同じ。
＊45　伊藤博『萬葉集釋注三』（集英社・一九九六）。

あとがき

この小さな本をまとめるにあたって、今回も翰林書房の今井氏ご夫妻のお世話になった。同窓の気楽さもあって、いつも我儘を聞いていただいているが、美しい本に仕立てて下さったお二人に、まずは心から感謝したいと思う。また校正には、日本大学法学部准教授の野口恵子さんと、日本大学大学院博士前期課程の鈴木雅裕君が手を貸してくれた。しばしば酒席を共にする教え子たちとともに、宴席に関する書物の校正が行なえたことも、たいへん嬉しいことであった。上梓の折はこの本を肴に、またおいしい酒を酌み交わすことにしたい。

最後に私事だが、この本を自身の還暦のささやかな記念にしたいと思う。

平成二十五年（二〇一三）七月

梶川信行

初出一覧

波はどこで生まれる？——田辺福麻呂　（「語文」一四二輯・二〇一二年三月）

歌が詠めないなら麝香を献上しなさい——橘諸兄　（「語文」一三九輯・二〇一一年三月）

今宵は歓を尽くしましょう——大伴家持　（「語文」一四一輯・二〇一一年一二月）

空気の読めない人ね——大伴坂上郎女　（「語文」一三三輯・二〇〇九年三月）

御上も許した酒ですぞ——匿名　（「語文」一三五輯・二〇〇九年一二月）

たわけたことをするでないぞ——藤原仲麻呂　（木本好信編『藤原仲麻呂政権とその時代』二〇一三年三月）

梅の花が散らないうちに来て下さい——石上宅嗣　（「語文」一三六輯・二〇一〇年三月）

歌を召されるとは思いませんでした——葛井広成　（「アナホリッシュ国文学」一号・二〇一二年一二月）

いい時間を過ごさせていただきました——文馬養　（高岡市万葉歴史館編『万葉集と環日本海』二〇一二年三月）

どうぞ羽を伸ばして下さい——秦八千嶋　（「語文」一四五輯・二〇一三年三月）

枕と二人で寝ましょう——大伴坂上郎女　（「水門　言葉と歴史」二一号・二〇〇九年四月）

付　『万葉集』の宴席を考える——梅花の宴を通して　（「語文」一四三輯・二〇一二年六月）

【著者略歴】

梶川信行（かじかわ・のぶゆき）

昭和28（1953）年　東京都世田谷区生まれ。

現在　日本大学文理学部特任教授。博士（文学）。

【主要著書】

『万葉史の論　笠金村』（桜楓社・1987）、『初期万葉をどう読むか』（翰林書房・1995）、『万葉史の論　山部赤人』（翰林書房・1997）、『創られた万葉の歌人　額田王』（塙書房・2000）、『万葉集と新羅』（翰林書房・2009）、『額田王　熟田津に船乗りせむと』（ミネルヴァ書房・2009）、『額田王と初期万葉歌人〔コレクション日本歌人選〕』（笠間書院・2012）

万葉集の読み方
天平の宴席歌

発行日	2013年7月31日　初版第一刷 2023年6月20日　初版第二刷
著　者	梶川信行
発行所	翰林書房
	〒151-0073　東京都渋谷区笹塚1-56-10-911
	電話（03）6276-0633
	FAX（03）6276-0634
	http://www.kanrin.co.jp
	Eメール◦Kanrin@nifty.com
印刷・製本	メデューム

落丁・乱丁本はお取替えいたします
Printed in Japan. © Nobuyuki Kajikawa. 2013.
ISBN978-4-87737-354-2